FUGA

Título original: *Flykt*

Primeira publicação em sueco por Rabén & Sjögren, em 2014, Estocolmo, Suécia.

Direitos de edição em língua portuguesa adquiridos por Callis Editora Ltda.

1ª edição, 2017

Texto adequado às regras do novo Acordo Ortográfico da Língua Portuguesa

Coordenação editorial: Miriam Gabbai
Editora assistente: Áine Menassi
Tradução: Fernanda Sarmatz Åkesson
Preparação de texto: Maria Christina Azevedo
Revisão: Ricardo N. Barreiros
Projeto gráfico e diagramação: Thiago Nieri
Arte de capa: Anna Henriksson

CIP-BRASIL. CATALOGAÇÃO-NA-FONTE
SINDICATO NACIONAL DOS EDITORES DE LIVROS, RJ

J63f

Johansson, Pascale Vallin

Fuga / Pascale Vallin Johansson ; tradução Fernanda Sarmatz Åkesson. - 1. ed. - São Paulo : Callis, 2017.
152 p. : il. ; 23 cm. (Amargi ; 2)

Tradução de: *Flykt*
Sequência de: *Condenação*
Continua com: *Luta*
ISBN 978-85-454-0055-4

1. Ficção sueca. I. Åkesson, Fernanda Sarmatz. II. Título. III. Série.

17-42411 CDD: 839.73
CDU: 821.113.6-3

07/06/2017 07/06/2017

ISBN 978-85-454-0055-4

Impresso no Brasil

2017
Callis Editora Ltda.
Rua Oscar Freire, 379, 6º andar • 01426-001 • São Paulo • SP
Tel.: 11 3068-5600 • Fax: 11 3088-3133
www.callis.com.br • vendas@callis.com.br

PASCALE VALLIN JOHANSSON

FUGA

Tradução de
Fernanda Sarmatz
Åkesson

callis

1

Lo observa o refeitório vazio e acha que é muito parecido com o da sua antiga escola, os móveis são do mesmo modelo e estão bem gastos; até o tipo de bandejas ao lado das prateleiras de metal. Além disso, sente um cheiro enjoativo de comida no ar. Mas existe uma grande diferença entre a sua antiga escola e aquele lugar: na escola, não havia grades nas janelas como ali. Sem falar nos talheres de plástico, que eram os únicos à disposiçao nesse lugar.

"Aqui é assim, talheres de plástico para que não possam ferir uns aos outros ou a si mesmos", ouviu de uma garota. Porém, ela não faz a menor ideia de como é uma vida atrás das grades, pois acabou de chegar ali.

As portas se abrem e as prisioneiras, uma por uma, entram para se servir da comida. Todas elas usam calças e camisas na cor cinza. Outras pessoas de uniforme colocam-se de guarda ao redor do refeitório. Quando Sinikka aparece, Lo vai correndo ao seu encontro.

– Mãe! – chama a garota.

Ela tenta abraçá-la, mas o seu abraço atravessa o corpo da mãe, que nada percebe e continua a se servir da comida da prisão, como se coisa alguma tivesse acontecido. Para Lo, não havia obstáculos desde que tinha virado anjo, ninguém conseguia vê-la e ela podia fazer o que quisesse. Nem mesmo a sua própria mãe, que costumava sentir e enxergar mais que as outras pessoas, percebeu a sua presença.

O que ela mais gostaria de fazer agora seria dar um abraço apertado na mãe e lhe dizer que tudo ia ficar bem. A mãe parece tão frágil e indefesa, sentada ali sozinha, num refeitório cheio de criminosas da pior espécie. Ela é muito inocente e fácil de ser enganada, o que é um perigo, na opinião de Lo. Deve ser por isso que a prenderam aqui, alguém provavelmente lhe disse que precisava de ajuda e ela acabou sendo incriminada por um assassinato que não cometeu.

Lo não pretende se deixar enganar, examinará bem os fatos e descobrirá a verdade. Precisa tirar a mãe dali o mais rápido possível. Vai ouvir a mente dela, para ver se descobre alguma coisa. Se ela se concentrar bem, conseguirá escutar apenas os pensamentos da própria mãe, deixando os dos outros de fora.

Na sua primeira vez como anjo, quando esteve no meio de um grupo de pessoas, ouviu os pensamentos de forma confusa, sem poder diferenciar quem pensou o quê. Depois começou a se concentrar para poder ouvir um pensamento de cada vez. Isso parecia ter acontecido há muito tempo, mas ela chegou a Estocolmo hoje mesmo, de manhã. Não demorou muito para que aprendesse a usar as suas asas, ela agora sabe fazer coisas que nunca sonhou que fosse capaz de fazer.

Uma mulher de cabelos castanho-claros, que ela reconhece de algum lugar, senta-se em frente a sua mãe, dando-lhe um sorriso iluminado pelos seus olhos verdes acinzentados. Quando uma outra demonstra que também quer se juntar a elas, os mesmos olhos se tornam bastante frios, o que faz a mulher desistir e se afastar delas. Lo sente que aquela de cabelos castanho-claros é uma boa pessoa e que é bom para a mãe tê-la ao seu lado. A garota se concentra para ouvir o que a mãe está pensando:

"Isto não parece grande coisa, aparenta ser mais uma gororoba e tem gosto de gororoba. Tudo aqui é tão feio. Não entendo como a Agneta aguentou tanto tempo, mais de um ano sem ter contato com ninguém. Prisão perpétua pode significar que nunca mais veremos nossos filhos. Minha Lo, minha gatinha querida! Por que eu atendi quando ele me chamou? Se eu tivesse ignorado, não estaria aqui agora. Não, não posso ficar pensando nisso o tempo todo. Não adianta nada. Tenho que ter pensamento positivo. Tudo vai dar certo, de uma maneira ou de outra."

"Vai dar certo", pensa Lo também, pois conseguiu vir ao encontro da mãe. Ontem mesmo, ela estava presa naquele *bunker* de chão batido. Aqueles que se diziam seus pais adotivos, Gunvor e Gillis, fizeram-na prisioneira lá, naquele lugar escuro e frio e ela achou que ia morrer, mas não foi bem assim. Conseguiu fugir daquele pesadelo, daquela casa que chamavam de "Paraíso Celestial". E se foi capaz de escapar quando era apenas humana, o que não conseguirá fazer agora que é um anjo e possui poderes?

Vidar entra no refeitório, ela acena, mas ele não corresponde. Ele apenas enxerga a mulher sentada em frente à mãe de Lo, a garota entende agora por que a achou conhecida. Vidar herdou os olhos verdes acinzentados da mãe e seus traços, mas não o seu jeito seguro de ser. Aquela mulher é alguém a quem ouvimos e obedecemos, sendo que Vidar só faz o que os outros o mandam fazer. Na casa dos pais adotivos, era Gunvor quem mandava nele. Atualmente, ele obedece Lo e ela tem que dar um jeito de Vidar parar de se submeter a outras pessoas.

Vidar está parado e, de longe, observa. Lá está ela. Já faz muito tempo e a mulher até parece uma pessoa desconhecida para ele agora. Todo o tempo que ficaram distantes um do outro deixou marcas, e demora um pouco até ele reconhecer quem está ali a sua frente: a própria mãe.

Estende o braço, tentando fazer um carinho nela, mas, para sua surpresa, a mão atravessa o corpo da mãe, como se ele fosse um fantasma. Encosta seu rosto no dela e a mesma coisa acontece. Sua mãe lhe ensinou tudo nesses 13 anos de vida e sempre ficou ao seu lado. Com ela, aprendeu a plantar e a colher, a cuidar dos animais, a consertar e a construir, a tomar conta de tudo, inclusive da herança que ganharam. Ela sempre o defendeu, e agora ele não consegue nem tocar nela ou ganhar um carinho, como constantemente fazia. Ela nem percebe a sua presença, o que o deixa muito triste. A mãe está em silêncio e há bastante barulho no refeitório. Talvez as presidiárias tenham muito o que conversar, mas, quando ele olha em volta, repara que ninguém está conversando, o que o surpreende. Ele está ouvindo os pensamentos de todos, ao mesmo tempo, e ainda não se acostumou com esse seu novo dom, de poder escutar o que as outras pessoas pensam. Não consegue ouvir os pensamentos de Lo ou de Amir, pois os amigos tornaram-se anjos, assim como ele. Os humanos são os outros, incapazes de voar e que não ouvem pensamentos. Agora ele poderá escutar os de sua mãe também! Era melhor tê-la encontrado a sós, pois é impossível saber sobre o que ela está refletindo com tanta gente a sua volta.

– Elas se conhecem – diz Lo.

– O que você disse? – Vidar pergunta, olhando para a garota. Ele até já tinha se esquecido de sua presença.

– As nossas mães se conhecem.

Lo não é nem um pouco parecida com sua mãe, deve ter herdado do pai aqueles tons de pele e de cabelos mais escuros, pois sua mãe é loira e pálida, quase transparente, e não tem uma sarda sequer.

– Você acha? – ele pergunta.

– Eu sei, a minha mãe estava pensando na sua.

– Você consegue escutar alguma coisa com tanto barulho?

– Eu me concentro muito – ela responde. – Em uma pessoa de cada vez.

Vidar tenta se concentrar somente em sua mãe, o barulho vai diminuindo, mas ele ainda não é capaz de diferenciar quem está pensando o quê.

– Está ouvindo os pensamentos dela agora? – a garota pergunta.

Vidar faz que não com a cabeça.

– Se você quiser, eu posso ouvir.

Mas ele não aceita, pois quer conseguir escutar sozinho. Se Lo é capaz, ele também é. Tem apenas que se concentrar muito.

– Agneta, você deve se apresentar à diretora da prisão – diz uma guarda ao lado da mesa.

Agneta se levanta e acompanha a guarda. Vidar vai atrás. Passam pelo corredor e chegam a um portão gradeado. Outra guarda destranca, abre e fecha o portão novamente depois de terem passado. Entram num elevador. Ele ouve a voz da mãe e da guarda, todas misturadas, e não sabe quem está dizendo o quê. "Por que eu não pude? Como vai ser? Por que fui lá se não precisava? Já pensei nisso milhares de vezes e não cheguei à conclusão nenhuma! Se eles me ouvirem, se eu tiver de..."

Chegam a outro portão, outro corredor, outra escada. Passam por mais um portão gradeado e param em frente a uma porta fechada. Há um botão com uma pequena luz vermelha acesa. Eles esperam. A luz vermelha fica verde e a guarda bate à porta.

– Entrem! – uma voz diz, lá de dentro.

Abrem a porta e na sala há uma mulher com jeito de chefe, sentada a uma mesa de mogno. Ela tem os cabelos ruivos e usa batom vermelho. Deve ser a diretora da prisão. Ela dá um sorriso amigável e manda Agneta se sentar. Dois homens vestindo ternos escuros estão parados no canto da sala. A diretora não os apresenta e eles não cumprimentam ninguém. Tem gente demais na sala para que Vidar consiga ouvir os pensamentos de alguém. Os que ele escuta ficam todos misturados e não fazem sentido.

– Fiquei sabendo que seu filho fugiu do lar adotivo – declara a diretora da prisão.

– O que fizeram com ele? – pergunta a mãe, muito preocupada.

– Não fizeram nada com ele. Vidar os ameaçou com uma pistola e disparou alguns tiros.

– Ameaçou com uma pistola? Vidar nunca faria uma coisa dessas! – diz a mãe.

Vidar compreende que a mãe não está acreditando na diretora da prisão, mas ele já não é mais o mesmo menino inocente, que nunca roubaria uma pistola e faria uso dela. Isso nunca aconteceria se ele não tivesse sido retirado de casa e encaminhado para um lar adotivo como o Paz Celestial. Quando ele percebeu que Lo e Amir haviam conseguido escapar do *bunker*, foi obrigado a fazer alguma coisa que impedisse Gunvor e Gillis de irem atrás dos dois amigos. Só mais tarde, entendeu o erro que havia cometido.

Por isso, apanhou a pistola e ameaçou os pais adotivos e, quando eles não acreditaram que estava falando sério, disparou alguns tiros. Ele sabia atirar muito bem e seus tiros atingiram a parede bem acima da cabeça de Gunvor. Isso fez com que os pais adotivos passassem a lhe obedecer, pois temiam por suas vidas, e ele os algemou ao corrimão da escada da casa. Depois conseguiu pegar as chaves do carro de Gillis e dirigir até a Igreja de Gelo, com a ajuda da águia, sua égide, guia e animal protetor. A águia lhe mostrou o caminho até a igreja, senão nunca teria encontrado Lo e Amir e, além disso, jamais teriam conseguido chegar à prisão.

– A polícia precisa da sua ajuda, Agneta – fala a diretora da prisão.

– Precisa da minha ajuda? Ajudar a polícia, que inventa mentiras sobre o meu filho? Podem ficar esperando!

Agneta se levanta e vai em direção à porta. Vidar sente orgulho da mãe, por o ter defendido. Ela sempre ficou do seu lado, o que não foi nada fácil. Muitas vezes, ele sentiu vergonha, quando achava que ela estava sendo exagerada em protegê-lo demais.

A mãe segura a maçaneta da porta, mas um dos homens de terno a impede de abri-la.

– Ai, o que você está fazendo? – diz a mãe tirando a mão, que está sangrando.

– Desculpe, não era a minha intenção – responde o homem, entregando um lenço de papel para Agneta. – Deve ter sido o botão quebrado do meu paletó que a arranhou.

A mãe pega o lenço de papel e limpa a ferida sem nada dizer. O homem volta para o seu lugar e a diretora pede que Agneta se sente novamente, pois não terminaram de conversar. A mãe obedece e se acomoda na cadeira, com as costas muito eretas.

– Onde você acha que ele se escondeu? – pergunta a diretora.

– Se eu soubesse, nunca lhe contaria! – responde a mãe.

– É para o bem dele. Você deve entender que pode ser perigoso para ele estar solto por aí. Há muitas pessoas más que são capazes de se aproveitar dele ou até lhe fazer mal.

– E os pais adotivos? Eles devem ter feito alguma coisa errada para ele ter fugido.

– Eles são pessoas decentes. Não foram eles que ameaçaram alguém com uma pistola. Eles vêm cuidando muito bem de Vidar e das outras crianças, sabemos disso perfeitamente. Não é qualquer um que tem capacidade de administrar um lar adotivo para crianças com problemas. Exige-se muito das pessoas que vão cuidar dos filhos de assassinos.

"Exige-se o quê? Que sejam bons em castigar?", Vidar sente o sangue começar a ferver em suas veias. Anjos não têm apenas bons pensamentos, como achara antes, ou melhor, ele nem acreditava em anjos anteriormente, mas todos pensavam que eles eram somente bondade, que não eram como as pessoas, pois essas podem ser realmente más. Assim como Gunvor e Gillis, que não queriam o bem de ninguém. Lo acha que eles recebem as crianças em sua casa somente para ganhar dinheiro, mas ele mesmo pensa que Gunvor acredita que esteja fazendo um bem em castigar os filhos adotivos, que os está educando de alguma maneira. No mundo dela, as crianças devem ser castigadas para que aprendam a ser gente. Ela acha que faz parte da educação trancá-las em lugares escuros, ignorá-las, fazer de conta que elas não existem. Esse tratamento levou Vidar a confessar qualquer coisa, ele até pediu perdão por algo que nem tinha feito. Ele traiu Lo e Amir por conta do medo que sentia dos pais adotivos e de seus castigos, e isso nunca mais irá acontecer, pois agora sabe de que lado está.

– Mas, por favor, Agneta! Você não vê que estamos tentando ajudar o seu filho? – diz a diretora.

– Vocês também vão ajudá-lo? – pergunta a mãe, virando-se para os homens de terno no canto da sala.

Os dois fazem que sim.

– Como? Irão prendê-lo e levá-lo de volta para os pais adotivos?

Os dois homens olham para ela e nada dizem.

– Eles não falam? – a mãe pergunta para a diretora.

– Esse é o meu trabalho, sou eu quem faz as perguntas aqui, e eles escutam. Você sabe de algum lugar onde ele possa estar? – questiona a diretora.

Agneta fica quieta, pensando por um instante.

– Se vocês cancelarem a minha proibição de receber visitas, talvez eu receba alguma visita.

– Você acha que ele viria até aqui, sabendo que a polícia está atrás dele?

– Não, mas possivelmente ele mandaria outra pessoa.

– E quem seria essa pessoa? A mesma que o escondeu?

– Não sei – responde Agneta. – Mas talvez ele dê um jeito de mandar alguém.

Dizendo isso, a mãe faz aquela sua cara conhecida, de quando consegue convencer alguém de alguma coisa sem a pessoa perceber. Os outros acham que ela desistiu, quando, na verdade, conseguiu que fizessem o que queria. Vidar ansiava saber como ela pensava, já que pediu autorização para receber visitas por causa dele, disso tinha certeza. Mas como algo assim iria ajudá-lo?

Saindo da sala, a mãe joga o lenço de papel na lixeira. Ele vê o lenço lá no fundo e repara que o sangue formou uma figura, um pequeno pássaro de asas muito grandes. Ou seria um anjo?

2

Amir está numa cela sem janelas. Ele fecha e abre os olhos para ver se é verdade, e não apenas obra da sua imaginação. Aquela ali é a sua mãe e finalmente a encontrou. Ela está presa numa cela debaixo da terra, isolada das outras e fazendo ginástica. "Mais um, mais um", ela pensa.

Na opinião de Amir, se não fosse médica, ela poderia ter sido atleta, pois a mãe teria sucesso em tudo o que decidisse fazer. Ela achava que era assim com Amir também. Sempre esperava que ele tirasse as melhores notas, que fosse o melhor aluno da turma, mas ela ainda o tratava como um menino pequeno, preparando os seus lanches, levando-o e buscando-o na escola. Queria que ele sentasse no seu colo, quando viam televisão. Amir sente muita falta disso tudo, do carinho e da atenção que a mãe sempre lhe deu.

"Amir, minha alma", a mãe está pensando. Ela para com seus exercícios e fica pensando nele. Sempre o chamava assim e preocupa-se com ele, como deve se sentir sem ela. A mãe está muito apreensiva e é apenas quando se exercita que consegue ficar sem pensar em seu filho. Nas poucas horas da noite em que ela consegue dormir, sonha com ele. É um sofrimento não saber onde ele se encontra e como está.

"Quero o meu filho perto de mim", ela pensa. Se Amir pudesse, deitaria a cabeça no colo da mãe e a deixaria fazer carinho nos seus cabelos, como de costume. Mas ela não consegue vê-lo e nem tocar nele, agora que virou um anjo.

A porta da cela se abre e uma guarda entra dizendo:

– Você deve se apresentar à diretora da prisão.

– Está bem – responde a mãe, pensando que suas preces foram atendidas.

"Eles devem ter concluído que tudo não passa de um mal-entendido. Vou ser libertada e me encontrar com Amir. Deve ser por esse motivo que a diretora quer falar comigo. Isso só acontece quando vão libertar alguém ou se a presa descumpriu as regras, e eu não descumpri nenhuma regra, que eu saiba."

Amir não tem tempo de achar alguma coisa, pois os pensamentos da diretora da prisão invadem a sua mente, assim que entram na sala dela. Ela odeia a sua mãe.

"Deviam reintroduzir a pena de morte no caso de pessoas como Arezo. Uma médica que mata uma criança doente é o pior tipo de assassina que pode existir. A cela de isolamento é pouco castigo para ela. Na verdade, deveria estar junto com as outras presas e não seria nada mal se elas, 'acidentalmente', a ferissem bastante."

Amir quer gritar para a diretora que sua mãe é inocente e nada fez. Ela não assassinou uma criança, ela salva as suas vidas! A mãe ama o seu trabalho de pediatra. Ele desiste de gritar, porque ninguém o ouvirá mesmo. Ele para de pensar naquilo tudo e se lembra do que a mãe costumava lhe dizer, que, se queremos muito alguma coisa, o universo irá colaborar para que o nosso desejo se realize. Amir quer acreditar que é assim e que a mãe será libertada, que tudo voltará a ser como era antes.

– Eu não sei onde Amir está – diz a mãe.

– Se você pensar um pouco, talvez se lembre de algum lugar onde ele possa estar se escondendo – fala a diretora.

– Sinto muito – responde a mãe educadamente, pensando em como o lar adotivo devia ser ruim, para Amir ter fugido de lá.

"Como pode ter acabado assim? Eu que jurei, quando ele nasceu, que ia cuidar dele e protegê-lo sempre. Amir nunca precisaria fugir de nada, e agora é isso que está acontecendo."

– Ele tem algum amigo em que possa confiar?

– Os colegas de escola – responde Arezo, enfiando as unhas na palma de sua própria mão para não gritar.

"A principal obrigação de uma mãe é proteger o seu filho e eu falhei na minha missão", ela pensa.

Amir quer lhe dizer que a culpa não é dela, pois foi condenada mesmo sendo inocente.

– Há alguém em especial com quem ele possa estar agora?

– Não sei – responde Arezo, olhando para a gota de sangue em sua mão. Ela crava as unhas de novo, com mais força dessa vez.

– Eles estão aqui para ajudar Amir – diz a diretora, voltando-se para os homens encostados na parede da sala.

Amir se vira e vê dois homens de terno. O homem de cabelos claros e olhos azuis sorri para sua mãe, mas pensa:

"Temos de encontrar as crianças antes que seja tarde demais. Se elas não estiverem lá quando a hora chegar, não poderemos completar a execução. Tudo depende dessas três crianças. Não posso fracassar. O mestre tem o poder sobre o céu e a terra. Eu sou o responsável para que as imagens do destino cheguem às mãos do mestre." O homem sente um arrepio e parece ficar tenso.

"Sim, mestre. Dê-me as ordens... Não? Tem alguém ouvindo os meus pensamentos? Não! Cérebro, pare de pensar imediatamente!"

O homem de olhos azuis se vira para o outro e diz:

– Pare de pensar!

Ele deve ter sentido que Amir o estava escutando, mas não parece ver o garoto. O que ele queria dizer com execução? E sobre crianças que deveriam estar nas mãos do mestre? Será que ele pensava em Amir, Lo e Vidar?

Amir volta a se concentrar no homem, mas ele não pensa mais nada além de: "Pare de pensar. Chega." A mesma coisa está acontecendo com o outro homem.

– Você pode se retirar, Arezo. Não chegamos a lugar nenhum assim.

Quando a mãe se levanta, o homem de olhos azuis se aproxima e lhe entrega um cartão de visitas.

– Se você pensar em alguma coisa que possa nos ajudar, qualquer informação, ligue-me. A diretora irá providenciar um telefone para você, se for o caso.

Ele estende a mão para Arezo e vê sangue.

– Você está sangrando – diz ele, entregando a ela um lenço de papel.

Ela limpa o sangue, o homem pega o lenço e o guarda no seu bolso, apesar de haver uma lixeira vazia na sala. É na mesma lixeira que Arezo joga o cartão de visitas dele, sem nada dizer, mas deixando bem claro o que pensa, que não pretende entrar em contato com ele.

Lo já esperou bastante tempo do lado de fora da sala da diretora da prisão. Na verdade, podia entrar sem que ninguém percebesse a sua presença, mas o que ela mais queria era ficar junto de sua mãe. Se ela se concentrasse muito, talvez a mãe ouvisse a sua voz e elas pudessem conversar, pois tem tantas dúvidas e perguntas a fazer! Queria saber o que realmente está acontecendo e gostaria de contar para a mãe o que lhe ocorreu, que é muito difícil de se entender. Não é fácil explicar que se transformou num anjo quando colocou a mão em uma pia batismal na Igreja de Gelo, que a voz daquela mesma pia lhe disse que agora ela é metade humana e metade anjo. Além disso, que se armou com asas e que precisa ter contato com os seus dois lados, o humano e o angelical, para que o destino não lhe escape pelas mãos. Tinha que contar também que eles eram três amigos, que ajudariam uns aos outros, pois juntos são mais fortes. Exatamente o que precisam fazer, a voz não lhes disse, mas teriam que tentar de tudo para libertar as mães da prisão. Disso não há nem sombra de dúvida, pelo menos está mais do que claro para ela.

A porta se abre e sai uma mulher que, obviamente, deve ser a mãe de Amir, pois são extremamente parecidos. Ela é mais alta e tem os cabelos mais escuros, com corte chanel.

"Assassina de criança", pensa a mãe, olhando para o longe. "Mas imagine se for como o meu caso? E se ela também fosse inocente?"

Lo acha que todas as mães foram acusadas de crimes que não cometeram. A pergunta é: "Qual é a razão disso ter acontecido?" Ela precisa fazer com que a mãe a escute.

– Mãe, sou eu! Você está me ouvindo? – ela diz pela centésima vez.

Não recebe nenhuma resposta. Amir vai seguindo sua mãe, mas, quando vê Lo, para no caminho.

– Tem alguma coisa estranha com um dos homens lá dentro – afirma ele. – Parece que percebeu que eu estava escutando os pensamentos dele.

– Ele escuta o que você fala? – Lo quer saber.

– Eu nem tentei falar com ele.

– Então, eu vou fazer isso!

A garota vai correndo até a porta da sala.

– Não! Eles não estão do nosso lado. O homem de olhos azuis tinha pensamentos muito estranhos, refletia que precisavam pegar as crianças a tempo para a execução. Será que somos nós?

– Que execução?

– Eu não sei. Ele parou de pensar, então não consegui ouvir mais nada.

– Está bem, vou tentar ouvir – diz Lo, atravessando a porta fechada.

– Isso não nos ajuda muito – diz a diretora da prisão. – Vamos ver se Sinikka nos fornece mais informações.

– Talvez seja melhor você experimentar outra técnica de interrogatório – fala o homem de olhos azuis.

Lo se concentra nele, mas a única coisa que ele tem em mente é: "Pare de pensar, pare de pensar!", o tempo todo. A mesma coisa se dá com o outro homem. Em compensação, a diretora da prisão pensa intensivamente em como irá fazer Sinikka contar alguma coisa, para que os dois homens fiquem satisfeitos. Quer que saiam dali o mais rápido possível. Há algo de desagradável neles, fazendo com que sinta arrepios, ela que, normalmente, não tem medo de nada, nem dos piores criminosos, que já a ameaçaram de morte. Que situação mais estranha, já que estão do mesmo lado da lei, são policiais assim como ela foi antes de assumir o cargo de diretora da prisão. Será que deve deixá-los tentar da sua maneira?

– Eu escuto e vocês fazem as perguntas – diz a diretora, apertando um botão em sua mesa.

Lo passa um tempo ouvindo as perguntas dos dois homens. O de olhos azuis faz o papel de malvado e o outro é o bonzinho da história, assim como nos filmes norte-americanos. A mãe cai na armadilha deles, igual a todas as loiras nos filmes. Fica muito à vontade com o policial "bonzinho", como se estivesse conversando com um amigo. Ela sempre confia demais nas pessoas. Muitas vezes, confiou e se deu bem, por pura questão de sorte. Foi isso que aconteceu em relação a Agneta, mãe de Vidar.

– Lo conhece todas as pessoas do bairro – diz a mãe. – Sabe quem mora em cada apartamento e anda sozinha pela vizinhança desde os três anos de idade. Se ficar com fome, arranja comida. Ela sabe se virar.

– Que filha esperta e independente a sua, Sinikka! – diz o policial "bonzinho".

– Uma vez, ela ficou desaparecida por uns dois dias e, quando voltou, ofereceu-me salada de frutas. O Goran, do mercado, tinha lhe dado frutas. Ela sabe bem que deve me comunicar se for passar a noite na casa de alguém. Depois dessa vez, começou a me avisar. Se tem alguém que sabe como se esconder, esse alguém é ela, pois pode ficar desaparecida o tempo que precisar.

– Essa garota não parece ter medo de nada.

– Não tem medo desde que não fique presa.

– Como assim?

– Ela não suporta ficar trancada, precisa poder ir e vir como quiser.

– Eu compreendo. Ela tem algum amigo ou amiga em quem confia mais?

A mãe precisa pensar um pouco, pois sempre tinha muita gente na casa delas, tanto jovens como velhos, sendo que a maioria ia lá por causa de Sinikka, mas isso ela até hoje não entendeu. A mãe também nem faz ideia de que Lo conseguia abrir as portas dos outros apartamentos com sua chave mestra. A garota não entrava na casa dos vizinhos para roubar, mas por precisar ficar sozinha de vez em quando, o que era impossível na casa delas. Lo não é tão sociável quanto Sinikka, mas agora ela anda sentindo muito a falta da vida que levavam antes, da risada e da bagunça que sempre havia em volta da mãe.

– Eu falaria com as pessoas no jardim do prédio, pois todos conhecem Lo – acrescenta a mãe.

– Mas ela não tem uma melhor amiga? – pergunta o "bonzinho", dando um sorriso falso.

– Não que eu saiba, ela tem muitos amigos.

– O que você diria que é diferente, além de ela saber se virar sozinha? Ela tem algum dom especial para alguma coisa?

– Ah, tem para muita coisa! – responde a mãe, toda orgulhosa. – Mas eu diria que a bondade é a melhor qualidade dela. Parece ser durona, mas sempre ajuda aqueles que precisam. Se alguém está passando por um momento difícil, ela está pronta para ajudar. Lo diz que eu sou boa demais, mas é igualzinha, apesar de que ela nunca iria reconhecer esse seu lado.

A mãe e o homem riem um pouco antes de Sinikka continuar:

– Ela também é muito esperta e ninguém a engana. Não acredita em nada e isso herdou de sua avó.

"Pelo jeito, minha mãe não herdou nem um pouquinho desse lado", pensa Lo, "pois ela acredita em tudo e, sem perceber, deu uma quantidade de informações para esses homens".

– Ai! – grita a mãe de repente, levando a mão até a boca.

– Desculpe-me, Sinikka! – diz o homem "bonzinho". – Não foi por mal, deve ter sido o botão quebrado do meu paletó que a arranhou. Está sangrando?

– Não foi nada – responde a mãe, ao mesmo tempo em que olha para o sangue escorrendo de sua mão.

– Aqui está – diz o homem de olhos azuis, entregando-lhe um lenço de papel.

– Não precisa – fala sua mãe.

– Pegue mesmo assim – diz ele bruscamente, apertando o lenço contra o corte na mão dela.

Sinikka limpa a mão cuidadosamente. O homem de olhos azuis estende a mão para recolher o lenço, e ela não percebe que ele o guarda no bolso. Ela sabe que já falou demais. Agneta dissera-lhe para não confiar em ninguém, nem nos policiais nem nas outras detentas. Era o melhor a fazer, mas se esqueceu disso completamente quando aquele policial "bonzinho" pareceu tão interessado na sua querida filha. O que ela mais quer agora é voltar para a lavanderia e ficar perto de Agneta, com quem se sente segura.

Quando estão saindo da sala, o policial "bonzinho" empurra a mãe de Lo, que quase cai. Ele tropeça enquanto a segura pelo braço, mas o policial de olhos azuis é muito rápido e ajuda Sinikka a se equilibrar. O "bonzinho" pede mil desculpas por ser tão atrapalhado.

Lo fica pensando se o fato de ser desastrado faz parte do trabalho dele ou se apenas estava fingindo, porém ela tem coisas mais importantes com que se preocupar. Como, por exemplo, entrar em contato com alguém que os escute quando falam. Ela sai à procura de Amir e Vidar para lhes contar que descobriu um jeito de fazer com que os outros os ouçam.

3

Lo toma impulso e sai voando através do telhado da prisão. O céu cinzento daquele dia forma uma espécie de abóbada no horizonte e nenhum raio de sol consegue atravessá-la. A garota mergulha no meio daquelas nuvens escuras, que, em seguida, transformam-se numa neblina. Ela atravessa tudo, saindo para o lado onde há sol, o que é uma experiência fantástica. A paisagem agora é um amontoado de bonitas nuvens brancas.

Lo adora voar, fazer piruetas no ar ou descer em alta velocidade, subindo novamente antes de chegar ao solo. Ela nunca iria se descuidar e bater no chão duro de verdade, mas a sensação de poder controlar seus movimentos no ar é muito emocionante.

– Tenha cuidado! – recomenda Vidar.

– Por que tenho que ter cuidado?

– Porque você corre o risco de se transformar em pessoa de novo, quando estiver voando em direção ao solo, e iria se machucar muito.

– Se eu cair dessa altura, morro na hora. Não importa se eu estiver em alta velocidade ou voando bem devagar.

Vidar a olha daquele jeito que ela não gosta. Tem vontade de bater no garoto e se sente culpada. Mas culpada de quê? Porque disse o óbvio. Não falou assim para fazer com que ele se sentisse mal, mas qualquer um entenderia que se ela caísse daquela altura, tudo estaria acabado.

– Você acha que seremos anjos para sempre? – Amir pergunta.

Lo nem pensou nisso ainda. Ela só cogita como entrar em contato com sua mãe, para descobrir o que realmente aconteceu.

– É claro que não seremos anjos para sempre! – ela responde, para acalmar Amir e a si mesma, pois não pretende continuar sendo anjo pelo resto de sua vida.

– Mas como vamos voltar ao normal? – pergunta Amir.

– Atravessando o guarda-roupa, é claro – ela diz, tendo essa ideia na mesma hora.

– Como assim? – Amir quer saber.

– Como Lúcia e os outros fizeram em *As crônicas de Nárnia*. Eles entraram novamente no guarda-roupa e voltaram para casa. Temos que voar para a Igreja de Gelo, quando quisermos ser humanos outra vez – ela afirma, tentando acreditar também.

– Mas é óbvio. Eu devia ter pensado nisso. A pia batismal deve ser a entrada e a saída – conclui Amir.

Agora eles estão a caminho da casa de Cassandra, que sabe tudo sobre anjos. Ela e a mãe de Lo são amigas há muito tempo. Lo nunca acreditou que Cassandra tivesse contato com anjos, mas sua mãe pensava diferente. A avó tinha ensinado Lo a crer apenas naquilo que pudesse ver, mas agora ela sabe que os anjos existem de verdade e espera que sua mãe tenha razão e que Cassandra consiga falar com eles.

Vidar admira Lo, por ela tomar conta de Amir, por responder suas perguntas e por acalmá-lo quando é preciso. Vidar não fica tranquilo na presença da garota, mas sabe que pode confiar nela, pois foi graças a ela que conseguiram escapar. Ele só espera que essa tal de Cassandra não seja nenhuma farsa e os ajude de verdade.

– A minha mãe deu um jeito de eles permitirem que ela receba visitas agora – diz Vidar. – Seria bom se Cassandra fosse lá visitá-la.

– Muito bem pensado. Você talvez tenha herdado alguma coisa da sua mãe – Lo diz.

– Como assim? – pergunta Vidar.

– Ela é muito inteligente.

– Obrigado!

– Não é você quem tem que agradecer. É ela – declara Lo.

Vidar não entende aquela garota. Primeiro ela lhe faz um elogio, para em seguida dizer outra coisa.

– É lá! – exclama Lo, enquanto dá um mergulho no ar, descendo em direção a um conjunto de prédios altos.

Os prédios são todos iguais e entre eles há algumas árvores, com as quais ninguém parece se importar. Tudo ali é malcuidado e quase sem cor. As cercas de metal estão quebradas e já começaram a enferrujar. Vidar, que costuma sentir vontade de pintar e consertar tudo, fica desanimado ao conhecer aquele bairro tão malcuidado e cinzento.

Cassandra decorou sua varanda com flores, plantas e um anjo de pedra com as mãos cheias de comida para passarinhos. Na porta dela, há um belo quadro azul pendurado, onde se lê "Asas de Ariel", escrito em uma caligrafia toda trabalhada. A janela à esquerda da porta está tão enfeitada com anjos, de todos os tamanhos e materiais encontrados, que mal é possível enxergar alguma coisa dentro do apartamento.

Vidar observa as diversas figuras. Há um anjo branco de gesso, com rosto de bebê, que tem as asas enroladas sobre si mesmo, para se proteger. Ao longo da moldura da janela, existe uma iluminação feita de plástico branco e em forma de asas de anjo. Uma dezena de anjos de tecido está pendurada no teto e, sobre uma pedra em formato de coração, dois anjos se beijam.

– Não fique aí parado sonhando – diz Lo, entrando pela janela, seguida por Amir, que também entra voando.

Vidar sente seu rosto ficar quente. Ele nem estava sonhando, nem nada. Só admirava os anjos pela janela.

Uma garota de tranças rastafári abre a porta do apartamento e uma música começa a tocar, o que faz Vidar pensar no Natal. No primeiro Advento, sua mãe costumava decorar a casa com o móbile de anjos que ela tinha desde pequena. Quando a música começava a tocar e os anjos se moviam, sua mãe ficava tão feliz quanto uma criança. Agora, ali, ele tem a mesma sensação por uns instantes, até a garota fechar a porta e tudo ficar em silêncio. Ele entra e há um pequeno corredor que leva até a cozinha. A garota está lá, mexendo nas gavetas, à procura de algo que não encontra. Ela muda de ideia e vai até a despensa, examina algumas latas, abrindo-as e fechando-as novamente. Encontra a lata certa, coloca a mão lá dentro e retira um maço de dinheiro. Vidar respira fundo.

A garota estremece, como se tivesse ouvido alguma coisa, mas, mesmo assim, guarda o dinheiro no bolso, sem se importar. Ele precisa fazer alguma coisa! Onde estão os outros? Começa a procurar na sala e lá não há ninguém. Numa porta fechada, tem uma placa pendurada com os dizeres: "Cura por meio dos anjos". Ele, então, atravessa a porta e o local está às escuras e com as cortinas fechadas. Só duas velas acesas iluminam um pouco. Seus olhos se acostumam com a escuridão e ele vê uma senhora deitada sobre uma maca com as pálpebras fechadas. Ao seu lado, há uma mulher de cabelos loiros e muito compridos, que chegam até a sua cintura. Ele conclui que deve ser Cassandra. Ela tem os olhos muito azuis e usa um vestido de veludo da mesma cor. Além disso, traz um colar de pérolas azul-escuras. Vidar se lembra de um livro de contos de fadas, que possuía quando era pequeno, ao olhar para Cassandra, pois ela se parece muito com a fada da história. A mulher move suas mãos a poucos centímetros de distância do corpo da senhora ali deitada e ele acha que vê raios prateados saindo das mesmas. Quando se aproxima, os raios prateados desaparecem e ele pensa que deve ser obra da sua imaginação ou da falta de iluminação na sala. Tudo aquilo o leva a esquecer o que foi fazer ali. Em seguida, vira-se para Lo e Amir, que também estão observando Cassandra, e diz:

– Uma garota roubou o dinheiro na cozinha!

– Não faz mal. Ela tem autorização para isso – responde Lo.

– Quê? Não acho que seja assim.

– Quieto! Estou tentando escutar – fala Lo.

Vidar não consegue aceitar que Lo vá pedir ajuda para Cassandra sem se preocupar com o que está acontecendo com ela. Lo parece muito egoísta e não pensa em mais ninguém. Ele não é assim e não vai ficar ali parado, sem fazer nada.

– Mas... alguém devia impedir a garota de roubar! – ele fala preocupado.

– É só Stella, a filha de Cassandra. Você está satisfeito agora? – Lo pergunta.

Vidar nem se importa em responder. Lo podia ter lhe dito isso de uma vez, para que não fizesse papel de bobo, mas, como sempre, ela não perdia a chance de o levar a se sentir um idiota. Ele se afasta dali, provará que não é tão imprestável assim. Vai tentar resolver tudo sozinho, do seu jeito. Quem sabe aquela Stella também consiga falar com anjos?

Amir está tentando ouvir os pensamentos de Cassandra, ao mesmo tempo que observa as mãos dela sobre a senhora ali deitada. Lo pretende esperar até aquela cliente ir embora para que possam entrar em contato com Cassandra. Enquanto isso, eles vão ficar ali ouvindo e observando, para ver se descobrem algo interessante.

Cassandra parece estar muito concentrada em si mesma e no tratamento, pois nem reagiu quando Lo e Vidar discutiram. Ela nem está pensando e isso era novidade para ele, pois é o que as pessoas fazem sempre. Conseguem pensar numa coisa e fazer outra completamente diferente. Mas a mente de Cassandra está em completo silêncio e, mesmo assim, transmite muita calma e harmonia. Amir também gostaria de se deitar na maca para o tratamento, mas, quando a senhora começa a chorar, ele compreende que aquilo ali não tem apenas um lado positivo.

– São apenas as suas lembranças que querem vir à tona – diz Cassandra. – Simplesmente relaxe.

Cassandra acha que chorar faz bem e é claro que é bom chorar às vezes, mas seria melhor não ter motivos para ficar triste. Depois que a senhora para de chorar, Cassandra começa a falar calmamente. Ela se expressa sem precisar pensar, as palavras vão saindo de sua boca automaticamente. Aquela senhora deve cuidar bem de si mesma, sem gastar energia com seu marido, que nem se importa com ela. A senhora responde, como se confiasse em Cassandra, mas acha que é muito estranho a outra saber tanto sobre ela, sem se conhecerem direito. Será mesmo que existem anjos que contam sobre a vida das pessoas ou será que Cassandra está inventando tudo? Amir também gostaria de saber.

– A senhora deve se cuidar agora – diz Cassandra. – Tente meditar todos os dias e visualize uma luz branca a sua volta, antes de dormir. Imagine que são as asas de um anjo protegendo-a.

– Obrigada – agradece a mulher, dando dinheiro para Cassandra.

Quando a senhora se levanta da maca, pensa no que seu marido, Lars, irá dizer quando souber o que ela fez e quanto custou. Ele dirá que ela é uma imbecil, fácil de ser enganada e talvez tenha razão. Mas, na verdade, ela gostou de poder falar com alguém. Alguém que parecia saber de coisas sobre ela, sem ao menos precisar dizer nada. Cassandra estava certa quanto a Lars, ele não se importava mesmo com ela.

– Mãe, eu vou indo agora – diz Stella quando a senhora está de saída.

– Mas, meu amor, você não pode ficar aqui um pouquinho?

– Não posso, vou me encontrar com... alguém.

– Com quem? – Cassandra pergunta.

– Não fique perguntando demais.

– Está bem. Volte às oito horas, para jantarmos juntas.

– Prometo! – diz Stella, dando um beijo na mãe e saindo de casa, sem Cassandra saber com quem ela irá se encontrar.

Amir escutou Stella pensar em alguém chamado Love.

Lo olha pela janela e vê Stella descendo as escadas. Ela está apaixonada de novo. Lo nunca se sentiu assim, mas Stella vivia se apaixonando. As duas brincaram algumas vezes quando eram pequenas, porém nunca ficaram amigas de verdade. Sua mãe achava que era por Stella ser quatro anos mais velha, mas Lo sabe que esse não é o motivo. Não seriam amigas nem se tivessem nascido no mesmo dia, são diferentes demais. Ela sente um pouco de inveja quando vê Stella descendo as escadas, sem preocupação nenhuma. Não que ela queira ser como Stella, mas porque nunca mais voltará para a vida que levava. Tudo mudou e nada mais será como antes. Era isso que doía. Ela se concentra, pois está na hora de ver se Cassandra é mesmo capaz de se comunicar com os anjos.

4

Lo recolhe as suas asas e para em frente à Cassandra.

– Cassandra, sou eu, Lo. Você está me ouvindo?

Cassandra está pensando naquele lindo vestido bordado de pérolas que viu numa lojinha no shopping. Ela talvez se dê o luxo de comprá-lo, pois ficaria muito contente e a ajudaria a deixar de se preocupar tanto com aquelas pessoas necessitadas de ajuda.

– Cassandra! É Lo, aqui!

Mas Cassandra continua concentrada em seus próprios pensamentos e nem percebe a presença da garota, que a chama mais uma vez:

– Cassandra!

Não há nenhuma reação por parte da mulher.

– A amiga da sua mãe é uma falsa e mentirosa – diz Vidar. – Ela só finge que fala com os anjos para ganhar dinheiro!

– E o filho da sua mãe é um idiota! – responde Lo.

– Eu não tenho irmão.

– Eu sei.

Quando Vidar entende o que Lo quis dizer com aquilo, a sua raiva se transforma em mágoa, deixando uma expressão triste em seu rosto, algo que a garota odeia ver. Ela não devia ter dito nada, mas ninguém deve falar mal das amigas da sua mãe, pois todas elas são pessoas boas. Cassandra sempre esteve pronta para ajudá-las e o fato de não conseguir falar com eles não significa que ela esteja enganando as pessoas. Talvez ache que sejam os anjos falando com ela quando ouve a sua própria voz.

– Stella me ouviu quando falei com ela – diz Vidar.

– Não invente – responde Lo.

Ela não acredita em Vidar. O garoto quer apenas se fazer de importante, só porque ela fez ele se sentir um idiota agora há pouco.

Lo se concentra em Cassandra novamente e tenta fazer com que a outra a escute.

– Ache o que você quiser achar – declara Vidar. – Mas eu sei a verdade.

Lo não sabe o que pensar, mas já que Cassandra não a escuta mesmo, acha melhor ouvir o que Vidar tem a dizer.

– E quando você falou com Stella?

– Falei com ela quando estavam na sala de tratamento e incomodei vocês contando sobre a garota que tinha roubado o dinheiro. Poderia ter sido um ladrão de verdade, isso sim.

– Mas eu já tinha lhe dito que era apenas a filha de Cassandra – diz Lo bastante irritada.

– Sim, agora eu sei – responde Vidar, um pouco nervoso. – Porém, eu fui atrás de Stella, para ver se ela conseguia falar com anjos.

– E sobre o que vocês falaram? – pergunta Lo.

– Ela me disse que eu devia conversar com a mãe dela, que é ela que tem contato com anjos.

– Soa-me como Stella mesmo – diz Lo.

– Ela talvez escute quando você falar – comenta Amir.

– Não tenho certeza, mas temos que tentar.

Lo solta um suspiro, muito irritada. Não vai ser fácil fazer Stella ajudá-los, pois ela está sempre ocupada consigo mesma ou com algum garoto bonito. Melhor esperar que ela retorne ao apartamento, mas Stella nunca foi de cumprir horários e talvez demore muito. Se tiverem sorte, ela voltará mais cedo. O melhor é aguardar.

Amir olha para Cassandra, que está sentada com as pernas cruzadas e as mãos sobre os joelhos, emitindo o mesmo som continuamente. Ao seu redor, está tudo em silêncio. É verdade que, quando as pessoas estão meditando, param de pensar e Amir gostaria de fazer o mesmo algumas vezes. Seria bom parar de se preocupar tanto, limpar a mente, pensar com mais clareza e se concentrar. Ele experimentou meditar algumas vezes, mas não conseguiu. Talvez, se fizesse aquele ruído que Cassandra fazia, funcionasse. Ele tenta imitá-la, emitindo sons parecidos com o dela.

– Você está tentando afinar o seu tom com o dela? – Lo quer saber.

– Como assim?

– Já ouvi Cassandra dizer para um cliente que essa é uma forma de se comunicar sem usar palavras. Achei que você estava tentando fazer isso.

– Ah, não sabia. Eu estava tentando meditar também, para limpar os pensamentos.

– Acho melhor você esperar um pouco, pois preciso do seu cérebro inteligente.

Amir fica muito satisfeito com as palavras de Lo. Ela confia nele. Lo deve ser muito mais inteligente que ele e Vidar juntos, mas três cabeças pensam melhor que uma só.

– Você lembra exatamente o que o homem de olhos azuis pensou? – Lo pergunta.

– Ele pensou que as crianças deviam estar no local na hora da execução.

– Execução! – exclama Vidar muito assustado. – Do que vocês estão falando?

– Acho que esquecemos de lhe contar, não é? – diz Lo.

Vidar parece ter ficado magoado e Amir quer lhe dizer que não foi a intenção deles deixá-lo de fora, mas isso não ia ajudar em nada. Ele conta, então, sobre o interrogatório de sua mãe e sobre os pensamentos do homem de olhos azuis:

– Ele pensou: "Tudo depende daquelas três crianças."

– Somos nós, esses três? – pergunta Vidar.

– Acho que sim – responde Amir.

– Somos nós... que seremos executados? – pergunta Vidar, com voz trêmula.

– Não se depender de mim – diz Lo, abraçando Amir.

– O homem pensou também: "O mestre tem o poder sobre o céu e a terra. Eu sou responsável para que as imagens do destino cheguem às mãos do mestre".

– Como assim? – Vidar quer saber.

– Não sei. Talvez sejam imagens importantes que o tal mestre precise para ter poder sobre o céu e a terra, alguma coisa com destino, sei lá.

Vidar concorda com a cabeça.

– Mas o homem de olhos azuis não parecia ter encontrado essas imagens do destino ainda e as ter entregado ao mestre.

– Não sabemos nada sobre esse mestre – diz Lo.

Amir concorda com ela, pois nada foi confirmado até agora nessa história. A única coisa que eles podem tentar é juntar os acontecimentos para ver se faz algum sentido. Ele se lembra, então, da luz que formou um olho no teto da igreja, assim que eles se transformaram em anjos.

– *Amargi!* – ele exclama. – Vocês se lembram da voz que escutamos quando vimos o olho?

– Liberdade! – diz Lo muito empolgada. – A palavra mais bonita que eu conheço.

Amir dá um sorriso, pois Lo parece muito feliz. Imagine o que uma palavra pode fazer! Vidar observa a garota também, mas quando ela olha para ele, fica envergonhado e abaixa a cabeça.

– *Amargi* foi direcionada para nós e a voz que Lo escutou na pia batismal nos disse que devíamos nos armar com asas, senão algo ia acontecer com nosso destino – diz Amir. – Talvez a voz quisesse nos avisar sobre essas imagens do destino, que o tal mestre está atrás. A voz na pia batismal disse também que éramos mais fortes juntos. Acho que isso tudo deve fazer algum sentido.

– Você pode explicar melhor? – pergunta Vidar, olhando para Amir.

– Imagine que as nossas mães foram condenadas para que nos mandassem ao lar adotivo e, como prisioneiros, estivéssemos juntos na hora da execução.

– Mas por que o mestre e o homem de olhos azuis estão atrás de nós? Eu não consigo entender – diz Vidar.

Amir olha para Lo e Vidar, fica pensando se tem coragem de dizer o que acha. Será que vão rir dele? Ou apenas concordarão com um sorriso e vão dizer que ele irá entender melhor daqui a alguns anos, quando crescer e ficar mais velho. Será que Lo lamentará ter dito que ele tem um cérebro inteligente? Não, ele precisa dizer o que acha, para não se arrepender mais tarde.

– Talvez sejamos os únicos capazes de impedir o mestre.

– Como você sabe disso? – pergunta Vidar.

– Pode ser que haja uma profecia, pois eu já li que...

– Em que livrinho de história você leu isso? – Lo pergunta, interrompendo-o.

– Li em vários livros, pois é bem comum isso acontecer.

– Não estamos num livro. O que está acontecendo é realidade! – diz Lo irritada.

– Por que você acha que ganhamos asas?

– Para voarmos, é óbvio! – responde ela, voando em direção a Amir e lhe fazendo cócegas.

– Arme-se com asas! – repete Amir, sem rir. – Isso é sério.

– Está bem, Amir – fala a garota. – Eu também acho que tem alguma coisa aí, mas, quando você começa a falar de profecias, acaba virando fantasia demais para mim. Vamos dar importância aos fatos e a tudo que já aconteceu. Agora preciso ficar sozinha, para poder pensar um pouco.

Lo sai voando da sala e Amir se arrepende do que disse. Apesar de ela não o ter ofendido, era óbvio que achara sua ideia muito infantil. Ver a expressão de deboche no rosto dela já bastava. Ele adora antigas histórias e não acha que tudo seja fantasia de alguém ou invenção, pois sempre há um fundo de verdade, algo que realmente aconteceu. Se a pessoa ler com paixão, vai acabar encontrando muitas verdades.

Lo está na cozinha, observando Cassandra cozinhar. Está fritando queijo halloumi e temperando a salada com ervas frescas plantadas por ela. Tudo parece uma delícia. Cassandra sabe cozinhar muito bem, "uma feiticeira na cozinha", como sua mãe costumava dizer. Nenhuma delas tinha muito dinheiro sobrando, mas os jantares de Cassandra eram divinos. A mãe de Lo nunca conseguia chegar aos pés das artes culinárias da amiga, apesar de muitas tentativas. O pai é que acabava cozinhando, e com mais sucesso. Às vezes, a mãe cozinhava em alguma ocasião especial ou para fazer uma surpresa para eles. Lo e o pai fingiam que apreciavam a comida para não magoar a mãe, que tinha se esforçado tanto.

Lo fica feliz e triste ao mesmo tempo quando se lembra do pai. Ela não entende por que ele foi embora sem dizer nada. Amir e Vidar não mencionaram os seus pais, só falaram das mães, assim como ela mesma. Ela pretende perguntar para eles sobre os pais mais adiante, porque agora não aguenta ficar na presença dos dois garotos depois daquele papo de profecia, que a deixou muito irritada. Amir ficou triste e Vidar magoado, porque ela havia se esquecido de lhe contar sobre os pensamentos do homem de olhos azuis. Querem que ela se importe com eles e que os elogie o tempo todo, o que é muito chato! Se eles fossem mais independentes, tudo ficaria mais fácil.

Cassandra colocou a comida sobre a mesa, sentou-se e está olhando para o relógio. Já são oito e meia e Stella ainda não voltou para casa. Essa menina estava sempre atrasada! Lo já sabia que isso ia acontecer, pois tinha escutado Stella pensando no garoto maravilhoso com quem se encontraria. Cassandra suspira e pensa que não vai mais esperar a filha para o jantar. Ela que coma sozinha depois. Lo ouve os seus pensamentos:

"A erva-cidreira combinou bem com o tomilho e o halloumi. Na próxima vez, vou torrar um pouco de avelã, para ficar com um gosto mais forte de nozes."

Apesar de a comida parecer deliciosa, Lo está sem apetite. Nem fome ela anda sentindo, a despeito de não ter comido nada o dia todo. Vai ver que os anjos não precisam se alimentar ou nem sentem fome mesmo. Ela sequer percebe o cheiro da comida. Tudo o que sabe sobre anjos aprendeu sozinha, desde que virou um deles. Espera que Cassandra conheça mais sobre o assunto, apesar de não conseguir se comunicar com eles. Só queria que Stella voltasse para casa logo.

Ela está arrependida por não ter aproveitado para voar até a sua casa e dar uma olhada lá, como pensara umas duas horas atrás. Sentiu muita saudade de casa quando esteve no lar adotivo, algo que nunca podia ter imaginado antes. Achava que poderia ir para longe, sem sentir falta de sua casa, mas há uma grande diferença entre sair de casa por vontade própria e de ser obrigada a ir embora.

Seus pensamentos são interrompidos pelo barulho da porta se abrindo. Stella está chegando em casa!

5

Lo voa em alta velocidade até o *hall*. Finalmente, Stella chegou!

– Stella! Você está me ouvindo? – ela pergunta.

– Deixe-me em paz! É a minha mãe quem fala com anjos nesta família, não eu! – diz Stella.

– Ela não consegue falar comigo, já tentei. Sou eu, Lo, a filha de Sinikka. Sou um anjo agora.

– Pare com isso, Lo. Você não é anjo coisa nenhuma!

– Eu sei que parece uma loucura, mas é verdade.

– Apareça, então! – desafia Stella, olhando em volta. – Onde você se escondeu?

Cassandra sai do banheiro e diz:

– Eu não estava escondida, só fui ao banheiro.

– Mãe, eu não estou falando com você, e sim com Lo que se escondeu por aqui.

– Lo está aqui? – pergunta Cassandra, olhando pelo apartamento.

– Estou aqui, só que vocês não conseguem me ver porque virei anjo – diz Lo.

– Pare de mentir e apareça agora! – diz Stella irritada, abrindo a porta do armário e procurando Lo lá dentro.

– O que você está fazendo? – pergunta Cassandra. – Eu perguntei sobre Lo.

– Eu estava falando com Lo, não com você – responde Stella.

– Agora? Eu não a ouvi.

– Você não a ouviu?

Lo não consegue se controlar e começa a rir dos olhos arregalados de Stella, de seu espanto. Essa garota demonstra seus sentimentos com muita facilidade e, depois de algumas aulas de teatro, ficou ainda mais dramática, uma paródia de si mesma. Stella não deve imaginar tal coisa e ficaria triste se alguém lhe dissesse, por isso Lo decidiu não mencionar nada, pelo menos por enquanto.

– Lo disse que é um anjo, mas você não é capaz de ouvi-la – diz Stella.

– Espere um pouco, Lo não pode ser um anjo – afirma Cassandra.

– Se você pudesse me ver, notaria as minhas asas – comenta Lo.

– Se você pudesse me ver, notaria as minhas asas – Stella repete. – Você a veria, mãe.

– Pare com essas brincadeiras, Stella.

– Mãe, eu juro. Só estou repetindo o que Lo diz!

Cassandra fica confusa e começa a pensar: "Lo não pode ser um anjo, pois está presa naquele lar adotivo lá no norte do país. Foi só isso que me contaram depois de eu ter implorado para me darem o endereço, portanto não tem como ela estar aqui agora. Não é possível, a não ser que ela esteja..."

Ela nem quer pensar nessa hipótese e seus olhos ficam cheios de lágrimas. Lo compreende que Cassandra acha que ela morreu e se transformou num anjo.

– Eu não morri – afirma Lo.

– Eu não. Quer dizer, ela não morreu – diz Stella.

Cassandra respira mais aliviada.

– Mas o que está acontecendo?

– Diga que eu virei anjo quando uma voz, saída da pia batismal, disse-me que eu era metade anjo e metade humana.

– Você é metade anjo? – pergunta Cassandra depois de Stella repetir as palavras da amiga.

– Parece que sim – responde Lo.

– Mas que coisa incrível! – exclama Cassandra.

Ela não sabe o que pensar, pois nunca entrou em contato com alguém que era metade anjo. Não conhecia nenhum caso assim. Ela e seus amigos que exerciam a cura por meio dos anjos achavam que os meios-anjos eram pessoas com poderes especiais. Não sabiam que eram capazes de ficar invisíveis, ter asas e até...

– Você voa?

– Eu amo voar – responde Lo.

– Incrível! – exclama Cassandra rindo. – Consigo vê-la quando fecho os olhos. Você foi feita para voar, Lo!

– Também acho!

– Que coisa maravilhosa, Lo!

– E não é só isso.

– Mas me desculpe por ser tão egoísta e só me importar com o assunto de anjos. Eu ainda não lhe perguntei como estava no lar adotivo.

Lo começa a contar toda a história, de como era no lar adotivo, dos métodos de educação usados por Gunvor e Gillis, do lince que representava sua égide e que lhe mostrou imagens da Igreja de Gelo. Relatou também como enganou Gillis, convencendo-o de que queria ser batizada, só para poder acompanhá-lo até a igreja e que lá, numa pia batismal de gelo em formato de lírio, ouviu uma voz que lhe disse para se armar com asas, pois ela era humana e anjo ao mesmo tempo, devendo assim estar aberta e preparada para novas possibilidades. Narrou como foi a tentativa de fuga, como ficou presa num *bunker* debaixo da terra e a égide de Amir, um texugo, ajudou-os a escapar. O texugo cavou um túnel debaixo do solo, que começava na casa e atravessava o muro. Explicou que, ao chegarem à Igreja de Gelo, colocaram as mãos sobre a pia batismal, ganharam asas e ficaram invisíveis.

– Minha querida, você passou por muitas dificuldades. Se eu pudesse vê-la e lhe dar um abraço agora...

– Eu estou bem na sua frente – diz Lo por meio de Stella.

Cassandra, carinhosamente, estica os braços e tenta abraçá-la.

– Mãe, você parece uma doida – comenta Stella.

– Quem não ouve a música deve achar que aqueles que estão dançando são loucos – retruca Cassandra.

– Sei. Ninguém está interessado nas suas filosofias, mãe. Além disso, não é você quem está ouvindo a música agora.

Lo acha uma pena que não seja Cassandra quem a ouve, pois não sabe o quanto pode confiar em Stella. A garota talvez fique entediada e vá embora dali, para fazer algo mais divertido.

– Eu preciso de ajuda para provar a inocência da minha mãe – diz Lo por meio de Stella.

– Vou fazer o que puder – responde Cassandra. – Mas é impossível entrar em contato com Sinikka, porque ela está proibida de receber visitas ou de falar ao telefone. A única coisa que acredito que eu possa fazer é mandar energias protetoras para ela.

– E que tal um anjo protetor? – pergunta Lo e Stella repete.

– Não é bem assim que as coisas funcionam.

– Então, é mentira que você consegue se comunicar com anjos?

Cassandra tenta explicar que os anjos falam por meio dela. Que, quando segura a mão de um cliente, sente uma energia muito forte e vê imagens que depois interpreta. É como se a sua voz tivesse vontade própria, como se um anjo falasse por meio dela, mas ela mesma nunca se comunicou diretamente com um anjo, como Lo e Stella estão fazendo agora.

– Você talvez possa me ensinar – diz Cassandra para a filha.

– Mas isso não é nada que eu tenha aprendido, mãe. Eu escuto quando ela fala e pronto! – responde Stella.

– Há quanto tempo você vem fazendo isso?

– Comecei hoje, mas seria bom se você aprendesse também, aí eu não precisaria ficar repetindo tudo o que Lo diz para você, porque não sou eu quem quer se comunicar com anjos – declara Stella fazendo beicinho, como se fosse uma criança pequena.

– Neste caso, trata-se de Lo. Você não quer ajudá-la?

– Não! – responde Stella, pensando que já está cheia dessa história de anjos.

"Por que minha mãe não pode ser como as outras pessoas e trabalhar num escritório, por exemplo? Não aguento mais todas as pessoas vindo a nossa casa. Elas estão mal e precisando de ajuda e agora vai me envolver nisso tudo também. Por que logo eu tenho que ouvi-la? Não que exista algo errado com Lo, mas é muito irritante o jeito como ela olha para mim, como se soubesse tudo da minha vida, apesar de não saber nada. Tenho pena dela, pois não tem sido nada fácil para a garota nos últimos tempos."

– Está bem. Vou ajudá-la dessa vez, mas depois não quero mais saber de ouvir nenhum anjo, mesmo que eles gritem bem alto.

Cassandra abraça a filha e lhe agradece de todo o coração.

– Eu sei de tudo, sim – diz Lo.

– Quê?

– Eu escuto todos os seus pensamentos.

Stella respira fundo e faz um gesto teatral, colocando sua mão na testa e dizendo:

– Oh, não!

– Eu prometo que vou parar de escutar, porque você é legal e está me ajudando – diz Lo.

– Sobre o que vocês estão falando? – pergunta Cassandra.

– Não é nada – responde Stella.

Em seguida, concentra-se muito e dirige seus pensamentos a Lo: "Desta vez, você pode ouvir os meus pensamentos, mas, depois disso, nunca mais! Senão, não vai ter a minha ajuda, entendido?"

– Eu prometo! – afirma Lo, controlando-se para não dizer o que acha, que não vale a pena perder tempo ouvindo os pensamentos de Stella, que um cérebro tão pequeno nem tem muito conteúdo mesmo.

– Esqueci de lhe contar que tenho dois amigos bonitos comigo – diz Lo, pois sabe que Stella fica feliz assim.

– Amigos bonitos – repete Stella, sorrindo e arrumando os cabelos.

– Um deles é alto e musculoso, parece um artista de cinema, e o outro tem os olhos castanhos e profundos.

– Você está só exagerando – diz Stella.

– De jeito nenhum. Você tinha que vê-los!

Stella não sabe para onde olhar, enquanto arruma os cabelos e faz um biquinho ridículo com a boca.

Lo ri para si mesma da cena.

– Você pode olhar para cá – diz Lo. – Eles estão ao meu lado.

– Oi, garotos! – Stella cumprimenta, com seus olhos brilhando.

Amir e Vidar a cumprimentam também e parecem tão sem graça que Lo até sente pena, mas, se Stella estiver de bom humor, será melhor para eles.

– Quantos anos vocês têm? Um de vocês tem voz de criança.

– Eu tenho 11 anos – responde Amir, antes que Lo tenha tempo de falar alguma coisa.

– Só 11 anos! Lo, você pare de fazer piada comigo, senão não vai ter a minha ajuda.

– Eu só estava brincando – confessa Lo, sentindo-se obrigada a pedir desculpas.

– Tudo bem, mas não apronte mais – diz Stella.

– Amir tem 11 anos e foi sobre o texugo dele que eu falei. Vidar tem 13 e possui uma águia como guia ou égide, era como o meu pai costumava chamar os animais protetores.

Stella repete tudo o que Lo disse para Cassandra, que faz uma pausa para pensar e se mostra alegre em seguida.

– Mas é claro que o seu pai é, Lo – diz Cassandra.

Lo não faz a menor ideia do que a outra está falando.

Amir ouve com atenção quando Cassandra dá a sua opinião.

– Seu pai deve ser um anjo – diz a mulher, que se mostra muito satisfeita, jogando suas mãos para cima e dando um gritinho de alegria.

– Mas pare com isso! – replica Lo irritada, falando por meio de Stella.

– Eu me lembro de que Gabriel dissera ter caído nos braços de Sinikka quando se encontraram. Até achei graça na época, mas agora sei que estava falando sério. Ele deve ter caído do céu mesmo! Escolheu o amor em vez de ser anjo e se transformou em humano – afirma Cassandra muito convencida.

– Parece inacreditável!

– Tão inacreditável quanto você ser meio humana e meio anjo.

– Eu sei – diz Lo fazendo uma careta. – Mas eu passei por essa experiência. Nunca vi o meu pai como um anjo.

– E você nunca vai vê-lo como anjo, mesmo. Quando ele escolheu ser humano, foi uma decisão tomada para sempre e imutável. Ele nunca mais será anjo novamente, mesmo que queira.

Lo fica em silêncio, muito impressionada com essa nova informação. Amir aproveita para fazer uma pergunta a Cassandra:

– É sempre por amor que os anjos resolvem vir para a terra?

– Nem sempre – responde Cassandra olhando para o chão. – Mas deve ser isso o que aconteceu com os seus pais. Um deles deve ter sido anjo, para que você possa ser meio-anjo. O que você acha? Foi o seu pai que se apaixonou por sua mãe e caiu do céu?

– Acho que sim – pondera Amir. – Porque ele não tem nenhum parente e nem possui brinquedos guardados de quando era pequeno. Além disso, nunca contou sobre sua infância, como a minha mãe costuma fazer.

– Ele deve ser anjo, com certeza!

Amir está muito contente por ter conhecido Cassandra. Só o fato de estar na presença daquela mulher já faz com que ele se sinta cheio de esperança de que tudo vai dar certo.

– O meu pai sempre gostou de lugares altos – diz Lo sorrindo. – Costumamos subir no telhado do prédio e... – ela se cala e sua expressão facial se modifica. Parece zangada agora. – Nós costumávamos! Não consigo entender por que ele desapareceu desse jeito, sem dizer nada.

– O meu pai também sumiu – declara Vidar. – Ele pode, da mesma forma, ter sido anjo, pois apareceu por aqui sem pai ou mãe, nem nada...

– Calma, gente! Pensem em mim também – avisa Stella.

– O que foi? – pergunta Lo.

– Vamos com calma, eu preciso respirar de vez em quando.

– Desculpe-me – diz Vidar. – Fiquei muito ansioso quando percebi que talvez o meu pai não tenha desaparecido porque ele mesmo quis.

Amir entende bem o que Vidar quer dizer. Ele também achava que foi o culpado pelo sumiço do pai, apesar de a mãe sempre lhe dizer que não era bem assim. Por que ela diria que a separação não era culpa de Amir? E foi assim, da mesma maneira, quando não tiveram mais notícias dele. A mãe sempre dizia que o pai o amava muito, mas ele não acreditava nela. Mas, se os pais de Lo e Vidar também desapareceram sem avisar, talvez a mãe estivesse dizendo a verdade.

– Aqui no bairro, se diz que os pais somem quando não aguentam a pressão – diz Lo. – Eu quase que acreditei nisso, mas sei que o meu pai não é assim.

– Nem o meu. Ele também sumiu sem dizer nada – comenta Amir.

– Três pais desaparecidos, mas que na verdade são anjos. Isso não pode ser apenas coincidência – afirma Cassandra.

– E três mães inocentes condenadas – diz Amir.

– Três? As outras mães também foram condenadas injustamente?

– Sim. A minha madrinha, Edel, que é advogada, fez de tudo para provar que a minha mãe era inocente, mas nada ajudou. Agora que sabemos de mais dois casos iguais, talvez seja mais fácil encontrar alguma coisa em comum... – Amir ia dizendo quando Stella o interrompeu.

– Agora chega!

– O que foi agora? Não tem ninguém lhe dando atenção? – pergunta Lo.

– Estou morrendo de fome!

– Mas, querida, é claro que você tem que comer – diz Cassandra abraçando a filha. – Vamos lá na cozinha e depois falamos mais. Temos muito tempo.

Amir não acha que eles tenham tempo sobrando, ele quer continuar a conversa, mas entende que Stella precisa se alimentar para que aguente ajudá-los. Ele não costuma ser impaciente, porém há muita coisa em jogo agora, e Stella sendo obrigada a repetir tudo o que eles dizem não facilita em nada a situação que já é bastante complicada. Assim que a garota terminar de comer, ele quer que Cassandra telefone para Edel e peça para que ela examine os casos com atenção. Deve haver algo que os possa levar a descobrir a verdade.

Vidar não consegue parar de pensar no que Lo disse sobre ele, de parecer um artista de cinema. Será que ela acha isso mesmo ou estava só brincando? Ela disse a verdade ao mencionar que Amir possuía olhos castanhos. Talvez ela achasse que ele era bonito mesmo.

Nem se importa que Stella flertou com ele. Ela é bonita, mas ele só foi apaixonado por uma garota, uma única vez na sua vida. Esse era um segredo tão bem guardado que ninguém sabia quem era. Sequer em seus pensamentos tinha coragem de mencionar o nome dela. Quando a via, sempre olhava para o outro lado. Uma vez, ela o fitara nos olhos e ele sentira medo de que descobrisse, pois não queria que a garota ficasse sabendo. Só desejava permanecer apaixonado em segredo e fazia tempo que não pensava nela. Agora não sentia mais nada, a paixão devia ter passado.

– Como estava a sua mãe lá na prisão, Lo? – pergunta Cassandra, depois que Stella terminou de comer e estava agora deitada no sofá da sala.

– Ela parecia bem. A mãe de Vidar está cuidando dela, ainda bem! Senão, ela já teria se dado mal, por ser tão boazinha.

– Sinikka é pior que você, mãe – diz Stella.

– Acreditar nas pessoas é uma boa qualidade, minha filha.

– É, mas não funciona se a pessoa acabar na prisão, acusada de algo que não tenha feito – replica Lo.

Cassandra concorda com ela. Sinikka foi flagrada com a faca ensanguentada em suas mãos quando a polícia chegou, mas isso não a tornava uma assassina.

– No julgamento, Sinikka contou que um homem a tinha chamado e pedido para que segurasse a faca, enquanto ele tentava salvar a vítima. Mas, quando a polícia chegou, não havia nem sinal do tal homem. Até o advogado de Sinikka parecia não acreditar nela. Tudo o que ela se lembrava era de que ele possuía olhos azuis e usava um boné encobrindo o rosto.

– Estranho esse advogado. Ele não tinha a obrigação de defendê-la? – pergunta Lo.

– Sim, devia ter feito isso, mas, quando penso melhor, ele não parecia estar do lado dela. Durante o julgamento, sofri tanto por causa de Sinikka que não consegui pensar em mais nada. Quando anunciaram a condenação, fiquei tão chocada que nem sabia o que fazer.

– Os olhos dele eram azuis? – pergunta Amir.

– Sim, foi o que ela disse. Por quê?

Amir conta, então, sobre o homem de olhos azuis, que disse que as crianças deviam estar no local a tempo da execução e que o mestre tem o poder sobre o céu e a terra.

– Mas o mestre tem que conseguir as imagens do destino primeiro – acrescenta Lo à conversa.

Cassandra fica com falta de ar e leva a mão aos lábios, parecendo muito assustada.

– Mãe, o que foi? – diz Stella, segurando-a pela mão.

– Desculpem-me. Não era minha intenção assustar ninguém, mas esse mestre parece a maldade em pessoa. Vocês sabem mais alguma coisa sobre ele?

– Não muito, porque antes de o homem de olhos azuis parar de pensar ele disse: "Sim, mestre. Dê-me as ordens!" Aí, ele deve ter percebido que havia alguém ouvindo a sua mente e não pensou mais – diz Amir.

– Por que você não disse nada antes? – pergunta Lo.

A garota parece muito zangada e Vidar mostra-se satisfeito que, desta vez, ela não esteja brigando com ele. Amir tenta se controlar, mas percebe-se que ele ficou triste.

– Eu não sei, tem tanta coisa estranha acontecendo... – diz Amir muito chateado.

Lo abraça o amigo com carinho e não diz nada, mas parece que ela está tentando pedir desculpas por ter sido tão rude com ele.

– O mestre é alguém que pode falar sem ser visto – declara Lo. – Alguém que escuta os pensamentos dos outros, alguém que é mais do que apenas uma pessoa.

– Alguém como nós – diz Vidar.

– Mas não nosso amigo – rebate Lo.

Eles têm certeza de que o tal mestre não quer o bem deles, muito pelo contrário. O mestre os quer a tempo da execução. Quer acabar com eles e que a morte os separe para sempre.

6

Vidar gostaria de ser como Lo, que coloca de lado os maus pensamentos e sai em busca de solução para os problemas. Mas ele não consegue parar de pensar no mestre e na execução, o que lhe faz muito mal, deixando-o sem ação e sem saber o que dizer, e apenas ouvindo a opinião dos outros sobre o assunto.

– Esse homem de olhos azuis, vocês se encontraram com ele? – pergunta Cassandra.

– Ele estava junto quando interrogaram as nossas mães – responde Lo. – Eu escutei a diretora da prisão pensar que ele pertencia a um grupo de policiais especialmente treinados ou algo assim.

– Especialmente treinados em quê?

– Não sei, pois ela não pensou nisso. Só sei que ela tinha a mesma profissão que ele, antes de começar a trabalhar como diretora na prisão.

– Você poderia ouvir a mente do homem de olhos azuis, para ficar sabendo de outros detalhes – diz Stella, sem repetir desta vez para a mãe o que Lo disse.

– Você pode me dizer onde ele está, que eu vou voando até lá – fala Lo, imitando a voz de Stella.

– Se você fosse mais esperta, teria dado um jeito de descobrir mais informações antes de vir até aqui – diz Stella.

– Se você tivesse alguma coisa dentro desse seu cérebro de minhoca, teria percebido como ficou patética desde que começou a ter aulas de teatro. Nunca vai ser artista como sonhou, pois, para isso, deve-se ser capaz de interpretar outras pessoas e você não passa de uma péssima imitação de si mesma!

As duas passam a gritar e a ofender uma à outra. Lo não consegue fazer com que Stella se cale, como faz com Vidar, pois a garota não tem medo de discutir. Vidar deveria ficar satisfeito com a situação, por haver alguém que tem coragem de desafiar Lo e lhe dizer umas verdades. Ela o tratou mal várias vezes e agora está recebendo tudo de volta, mas o que ele gostaria era que Stella se calasse e parasse de falar maldades para Lo, no entanto é Amir quem se intromete na briga.

– Parem! – ele grita e Lo fica quieta na mesma hora, pois não está acostumada a ver o garoto zangado e muito menos gritando. Assim que Lo fica quieta, a briga termina. Stella não tem mais com quem brigar e se cala também.

– Já sei como vamos encontrar o homem de olhos azuis – declara Amir.

– Como? – pergunta Lo.

– Ele deu seu cartão de visitas para a minha mãe, mas ela não quis guardar e jogou no lixo da sala da diretora da prisão.

– Muito bem, Amir. Vamos para lá imediatamente! – diz Lo.

Amir já esperou muito tempo para pedir a Cassandra que ligasse para Edel, sua madrinha. Ainda não apareceu a oportunidade certa, mas agora ele já não consegue aguardar mais. Resolve fazer o pedido, sem se importar com a opinião de Lo, desta vez.

– Se Edel ficar sabendo que há mais duas inocentes, ela pode revisar os processos e procurar provas que ajudem a libertar as nossas mães – sugere Amir.

– Podemos entrar em contato com Edel mais tarde. Agora temos que ir até a prisão, senão, pode ser tarde demais e o cartão de visitas do homem de olhos azuis pode já ter desaparecido para sempre. Quero ir agora mesmo! – diz Lo com muita convicção.

– Eu também! – concorda Vidar.

– Stella, o que está acontecendo? – pergunta Cassandra.

– Nada – responde a filha.

– Alguma coisa deve estar acontecendo, pois agora há pouco você estava gritando.

Stella não responde.

– Vocês não estão mais se falando?

Stella continua com cara de zangada e finge não ouvir o que Lo está dizendo.

Amir entende o comportamento de Stella, pois Lo foi muito injusta com ela. Stella também se comportou mal e as duas tinham um temperamento bem parecido. Até que é bom Lo sair dali por um tempo, para que as duas se acalmem e assim ficará mais fácil que Stella os ajude. Amir quer muito que Cassandra telefone para Edel, a fim de que a madrinha fique sabendo que há mais duas mulheres inocentes e condenadas por crimes que não cometeram.

– Vocês podem ir até a prisão, que eu vou pedir para Cassandra telefonar para a minha madrinha – diz Amir.

– Está bem – responde Lo, abrindo as asas e se preparando para levantar voo.

– Espere! – diz Amir. – Não se esqueça de que fizemos o pacto.

– Com toda a minha honra – responde Vidar, colocando a mão sobre o peito.

– Não se preocupe – diz Lo –, eu me lembro bem de que iremos ajudar e proteger uns aos outros, para sempre. Agora vamos!

Amir aguarda, ansioso, enquanto o telefone toca e ninguém atende. Quando Cassandra já está desistindo, Edel pega o aparelho no último instante.

– Alô, aqui é Edel From – diz ela, parecendo estar com falta de ar.

– Oi, o meu nome é Cassandra Lyckeblad. Tenho algumas informações que podem ajudá-la a encontrar provas de que Arezo Farsheed foi condenada injustamente.

– Quem está falando?

– Cassandra Lyc...

– Como você pode ter essas informações? Você é advogada?

– Não, eu trabalho com *healing*, com a cura por meio dos anjos.

– *Healing*??? Você está de brincadeira comigo?

– De jeito nenhum. Eu ajudo as pessoas, assim como você faz, mas tenho poderes...

– Estou desligando agora – diz Edel muito ríspida.

– Stella, diga para Cassandra falar sobre as outras mães – avisa Amir a Stella, que transmite a mensagem à mãe.

– Edel, espere e me escute, por favor. Eu conheço outros casos de mulheres que foram condenadas injustamente e há uma ligação entre eles, mas preciso da sua ajuda.

– Estou ouvindo – responde Edel.

Cassandra começa a falar sobre as outras mães e pede a Edel que examine os processos para fazer uma comparação. Ela conta também que há muito em comum entre os casos, mas não revela que Amir se transformou em anjo, senão Edel não vai mais querer escutá-la, pois acredita na ciência, assim como a mãe de Amir. Edel costuma dizer que só existe uma maneira de se fazer justiça, que é a de se questionar e examinar partindo dos fatos, mas, mesmo assim, a mãe de Amir foi condenada, apesar de ser inocente.

– Obrigada – diz Edel. – Vou requisitar toda a documentação amanhã e entro em contato com você assim que tiver lido tudo.

Amir gostaria de contar tudo a Edel, pois ela sempre o ouvia e o levava a sério, mas nunca acreditaria que ele era um anjo. É impossível para a maioria das pessoas crer numa coisa dessas, a não ser pessoas como Cassandra, que acreditam no que não conseguem ver com seus olhos.

Stella está deitada no chão, descansando a cabeça sobre um anjo feito de tecido. Enquanto esperam por Lo e Vidar, Cassandra separa uma quantidade de livros antigos para ver se encontra alguma informação sobre meios-anjos. Depois de ficar sabendo que eles existem, passa a ler os textos com outros olhos, pois muito daquilo está escrito de maneira difícil de se entender. É preciso saber interpretar de forma adequada aquelas charadas e mistérios ali escritos. Ela lê em silêncio e faz comentários em voz alta. Ri também das passagens divertidas.

– Escutem isso aqui – diz ela rindo muito. – Um meio-anjo pode engolir um burro inteiro e um porco de sobremesa. Depois disso, ficam muito agitados.

– Que livros são esses? – Amir quer saber.

– Aqui tem de tudo. Há muito charlatanismo nesse ramo de trabalho, mas às vezes se encontra alguma coisa boa, um antigo segredo bem guardado, que deve ser interpretado por alguém que entenda do assunto.

Ela continua a ler e Amir vai até a janela olhar a lua minguante. Para ele, parece que faz muito tempo que se transformou em anjo, apesar de ser algo bem recente. Aconteceu tanta coisa desde que saíram da casa dos pais adotivos! Nem mesmo um dia inteiro havia se passado e ele já ficou sabendo de coisas que nunca poderia imaginar que existissem.

– Espere um pouco – diz Cassandra. – O que a voz na pia batismal disse sobre meios-anjos?

– A voz disse que devíamos nos abrir, já que possuímos dois lados, humano e anjo, que era importante ter contato com ambos, para que o destino não nos escorresse pelas mãos, senão tudo estaria perdido – explica Amir e Stella repete.

– Ah, era isso. Tem alguma coisa que não consigo me lembrar, que li em algum lugar sobre meios-anjos...

Cassandra entra na sala de tratamento e Amir a escuta revirando tudo lá dentro, à procura de alguma coisa. Stella se desconcentra e deixa seus pensamentos livres. Antes, tentou pensar em coisas chatas, só para que eles não ficassem sabendo o que realmente tem em mente. Ela olhava os objetos da casa, contava as flores do papel de parede. Controlar os próprios pensamentos não era uma tarefa fácil.

Amir também não gostaria que outra pessoa ouvisse os seus pensamentos, pois queria mantê-los em segredo. Quando Stella começou a pensar em Love e no que tinham feito antes do jantar, ele fez de tudo para não escutá-la mais, porém não era tão simples assim. Ainda bem que Cassandra vinha trazendo um outro livro, aí poderia ficar escutando os pensamentos dela.

A mulher procura algo no livro, folheia muitas páginas, até que encontra o que estava buscando.

– Está aqui! – ela exclama, lendo em voz alta. – Quando um meio-anjo abre o seu lado não humano, tem um tempo limitado de 24 horas, somente isso. O meio-anjo deve retornar ao local onde se transformou antes de esse prazo acabar. Se não o fizer, nunca mais poderá entrar em contato com o seu lado humano, ficando numa espécie de vácuo para sempre.

– Não entendi bem – diz Amir.

– É assim: quando vocês abriram o lado de anjo, ficaram numa espécie de vácuo, num lugar inexistente, mas só podem permanecer nesse lugar durante 24 horas, senão acabarão presos aí para sempre, sem recuperar o lado humano. Então, o que vocês devem fazer é voltar até o lugar onde se transformaram, para virarem humanos novamente.

– Mas como assim?

– Depois de 24 horas, não tem mais volta – comenta Stella. – Há quanto tempo vocês adquiriram asas?

– Nós saímos voando do lar adotivo hoje cedo, mas viramos anjos no final da noite, eu acho.

Stella olha para o seu relógio e dá um grito.

– Meia-noite e meia! – ela grita mais uma vez. – Já é tarde!

– Não pode ser tarde demais. Não pode ser tarde demais... – Amir fica repetindo a frase como se fosse um mantra. Como se isso fosse ajudá-los.

7

Vidar é o primeiro a entrar na sala da diretora da prisão. O cesto de lixo continua no mesmo lugar e ele avista um cartão de visitas bem no fundo. Ele sente um alívio por ter chegado ali a tempo e se abaixa para apanhar o cartão, mas não consegue. Já devia ter aprendido, a estas alturas, que não tem a capacidade de pegar ou apanhar nada, mas sempre se esquece. O mesmo acontece com Lo.

– Não, que azar! – diz a garota. – A única coisa que tem lá dentro é o cartão de visitas, não tem nenhum papel atrapalhando nem nada. Mas o cartão tinha que estar virado.

– Você não está vendo nenhum lenço de papel? – Vidar pergunta.

– O quê?

– Ah, não é nada. A minha mãe estava sangrando e se limpou com um lenço de papel, que depois ela jogou no lixo...

– A sua mãe também estava sangrando? – Lo o interrompe. – O policial que se fazia de bonzinho arranhou a minha mãe com o botão quebrado do casaco dele.

– A mesma coisa aconteceu com a minha mãe – declara Vidar.

– Isso está me cheirando mal. Uma pessoa não pode ser tão desajeitada assim!

– Você acha que ele fez de propósito?

– Parece que sim. Acho difícil arranhar duas pessoas do mesmo jeito. Além disso, o lenço de papel usado pela sua mãe sumiu, mas o cartão de visitas continua no cesto de lixo. A minha mãe guardou o lenço no bolso, depois que limpou o sangue, mas aí ele a empurrou "sem querer", quando ela já estava de saída. Deve ter sido para conseguir pegar o lenço, tenho certeza.

Vidar estremece.

– Por que eles querem o sangue delas? – ele pergunta.

Lo não responde. Ela está olhando para o vazio, perdida em seus pensamentos. Vidar sente saudades da mãe e a única coisa que deseja é ficar junto dela, escapar de todas aquelas coisas desagradáveis que estão acontecendo a sua volta. Quer retornar para casa, sentir-se protegido e que não haja ninguém que queira lhe fazer mal.

– Lo! – ele chama a amiga várias vezes, antes de ela reagir.

– Quê?

– Vou dar uma olhada na minha mãe, antes de voltarmos para a casa de Cassandra.

– Boa ideia! Nós nos encontramos no telhado daqui a cinco minutos.

Vidar se depara com sua mãe sozinha na cela. Ela está cuidando das flores que enfeitam a janela gradeada. São as únicas flores que Vidar viu em toda a prisão e a mãe deve tê-las plantado sozinha. É provável que seja muito difícil para ela ficar trancada ali e não poder trabalhar no campo e tomar conta das vacas, mas não é nisso que Agneta está pensando agora, e sim na mãe de Lo, em como confia nas pessoas e como contou tudo sobre a filha para aqueles policiais. Vidar passa a ouvir os pensamentos da mãe:

"A diretora não disse que as crianças fugiram do mesmo lar adotivo, mas deve ser isso o que aconteceu, pois há muita coisa indicando que sim. Não pode ser mera coincidência. Lo e Vidar devem ter morado na mesma casa e espero que os dois estejam juntos agora. Lo parece ser uma garota muito independente, que sabe cuidar de si mesma e dos outros. Ela seria ótima companhia para Vidar, já que ele não é muito de tomar iniciativas. Sinikka aparenta ser do mesmo jeito. Como os pais podem ter filhos tão diferentes deles mesmos!"

Vidar se sente triste, por a mãe achar que ele não consegue fazer nada, mas ela até que tem razão em algumas coisas. Apesar de ele ter mudado e amadurecido um pouco, não se sairia bem sem a ajuda de Lo. Quando a garota apareceu no lar adotivo, ele achou que ela era o seu anjo salvador, mas no sentido simbólico, assim como as pessoas que ajudam as outras são chamadas. Se ele e a mãe confiarem em Lo, tudo dará certo. No momento em que ele já está pronto para deixar a cela da mãe, repara então no machucado que ela tem na mão, mas não quer pensar nisso pois a sua imaginação já o deixou bastante assustado. Ele percebeu que Lo também não quer falar do sangue e o melhor a fazer é se limitar aos fatos concretos. Só porque ele ouviu falar em rituais e bruxarias, feitos com sangue humano, não havia necessidade agora de misturar a sua fértil imaginação com a realidade. Deve existir uma explicação lógica para aquilo.

Lo sobrevoa os telhados e está a caminho de casa. Vidar entendeu que ela queria dar uma passada em casa sozinha, antes de voltar para Cassandra. Ela nem precisou convencer o garoto. Até que ele não é tão bobo como ela achava, talvez tenha sido dura demais com ele. Afinal, fora ele quem impedira Gunvor e Gillis de persegui-los, e ela vai tentar se lembrar disso todas as vezes que sentir vontade de brigar com o garoto.

Sente um calor envolver o seu corpo ao se aproximar de seu prédio. Ela e o pai costumavam subir lá, no telhado, para apreciar a vista. Seu pai devia sentir falta de voar, pois, para ela, não havia nada melhor agora. Voar é a coisa mais fantástica que ela já fez em toda a sua vida!

Ela faz uma curva e dá uma cambalhota no ar, antes de se aproximar do prédio e encontrar o seu apartamento. Está no lado certo agora, no quarto andar, mas o seu abajur em forma de lua minguante não se encontra no parapeito da janela. Será que alguém o tirou dali? Quando ela chega mais perto, vê que está tudo diferente, não há nenhum móvel seu nem localiza os seus pertences. Fica em dúvida se é realmente o seu apartamento, porém observa melhor e reconhece a antena parabólica que seus vizinhos sempre tiveram na varanda. Chega à conclusão de que é o seu apartamento, mas há outras pessoas morando ali no momento. Ouve vozes vindas de sua antiga sala. Lá se encontra uma mãe, um pai e um bebê. A mãe está brincando com a criancinha e lhe fazendo cócegas. O bebê dá muitas risadas e os pais o acompanham na sua alegria. Lo fica triste, mas não quer chorar. Devia zangar-se com eles, pois jogaram fora todas as suas coisas, invadiram a casa dela com sua risada besta. Como puderam fazer isso? No entanto, não deve ser culpa deles. Provavelmente ficaram na fila por muito tempo, esperando para poder alugar um apartamento, assim como os pais dela tinham feito. Lo se lembra muito bem da sua felicidade ao se mudarem, e por ter um quarto só seu, onde podia fazer o que quisesse e como quisesse. Mas agora não tem mais nada.

Ela sai de lá voando, sem olhar para trás. Quando chega ao telhado do prédio, senta-se um pouco e olha para baixo. Ninguém vai tirar esse lugar dela, aqui pode ficar sozinha e em paz. Decide permanecer ali por uns instantes, uns minutos a mais não vai fazer diferença e ninguém sentirá a sua falta.

~

Vidar para na porta da sala de Cassandra e percebe que alguma coisa deve ter acontecido. Todos parecem nervosos e preocupados. A única pessoa que ainda mantém a calma é Cassandra, que tenta chamar um anjo mensageiro, mas não está se saindo muito bem, pois o único anjo que Vidar vê é Amir. Ele parece furioso, pois faz com que Stella grite, diga palavrões e bata com os pés no chão.

– Eu me recuso! Não sou um traidor! Nem tente me transformar num traidor, só porque você não se importa com os outros!

– Não é verdade! Eu me importo, sim. Mas azar, nunca mais vou ajudá-lo, porque você é muito mal-agradecido – diz Stella.

– O que está acontecendo? – pergunta Vidar.

– Elas querem que eu volte para a Igreja de Gelo sem vocês – responde Amir.

– Mas por quê?

– O tempo está acabando – explica Stella. – Se vocês não voltarem lá, onde se transformaram em anjos, dentro de 24 horas, será tarde demais e permanecerão como anjos para sempre.

– Não pode ser! – exclama Vidar.

Mas é isso mesmo.

– Assim que Lo chegar aqui, digo a ela para voar atrás de vocês – diz Cassandra.

– Nós vamos voltar para lá todos juntos – afirma Amir.

– Eu também não quero deixá-la sozinha – diz Vidar.

– Ela chegará a tempo – declara Cassandra.

Vidar ouve a mulher pensando e não é a mesma coisa que está dizendo. Ela não quer arriscar que Amir e ele cheguem atrasados, por isso está fingindo.

– Não vai ajudar ninguém vocês ficarem aqui. Voem de volta agora, pela Lo. Eu sei que é isso o que ela deseja – diz Cassandra, sendo sincera agora.

Ela acredita nisso e Vidar também. Lo iria querer mesmo que eles fossem embora de uma vez se soubesse que o prazo estava no fim. Os dois decidem voltar, para que Lo fique satisfeita com eles.

~

Amir sobrevoa as árvores mais altas, vira a cabeça e olha para trás. Faz isso várias vezes, na esperança de ver Lo os seguindo, mas não há nem sinal da garota.

É claro que Cassandra tem razão, pois de nada adiantaria eles ficarem lá e nunca mais voltarem a ser humanos. Lo ia querer que voltassem se soubesse da situação. Mas, mesmo assim, o que fizeram vai contra os princípios de Amir. Se ele chegar a tempo e ela não, vai se arrepender para o resto de sua vida. A lua está em fase crescente e em breve estará cheia. A Igreja de Gelo brilha lá embaixo, refletindo sobre a água congelada do rio. A águia está parada sobre uma das torres. Na entrada da igreja, vê-se o texugo, com seu pelo preto e branco, mas do lince não há nem sinal.

Vidar dá um mergulho no ar, atravessando o telhado da igreja. Amir olha para trás pela última vez e, então, segue o amigo, bastante contrariado e sentindo muita tristeza.

8

Amir observa a igreja e vê que ali nada mudou, a pia batismal continuava no mesmo lugar, com sua haste comprida e sua flor aberta, mas ele sentia-se diferente, pois muita coisa aconteceu em sua vida nos últimos tempos. Vidar abre suas asas sobre o lírio de gelo e fecha os olhos. As luzes das velas acesas tremulam e, por um momento, Vidar desaparece. Quando ele retorna, não possui mais asas e Amir consegue escutar os pensamentos do amigo: "Não vamos conseguir sozinhos, sem a ajuda de Lo."

Amir tem que parar de ouvir os pensamentos do outro, senão vai acabar indo atrás de Lo e isso ele não deve fazer, pois não quer ficar vivendo no vácuo, sendo anjo para sempre. Pensando no melhor para a sua mãe, ele coloca suas asas ao redor da pia batismal e vira humano novamente.

~~

Lo volta voando com muita calma para o apartamento de Cassandra, mas na verdade devia se apressar, pois os outros provavelmente a esperam. Ela está bem desanimada, sente-se como uma pessoa sem teto, que foi jogada no olho da rua. Não imaginava que seriam despejadas do apartamento. Como as autoridades podem fazer uma coisa assim, sem se importarem onde as pessoas vão morar?

Cassandra e Stella estão deitadas, cada uma num sofá, mas não há nem sinal de Amir e Vidar por ali.

– Onde estão os outros? – Lo quer saber.

Stella se levanta rapidamente do sofá e pergunta aos gritos:

– Onde você estava?

– Passei na minha casa. O Vidar não disse nada?

– Disse, mas você demorou demais!

– Eles jogaram fora todas as nossas coisas, não entendo como...

– Temos pressa, Lo – Stella a interrompe. – Você tem que ir direto para a Igreja de Gelo!

– Você ainda está zangada? Deixe disso!

– Não estou zangada. Descobrimos que vocês só podem ficar em forma de anjo durante 24 horas e o prazo já está acabando.

– Pare de ser ridícula! Quero falar com Cassandra!

– Está bem, se você teima em não acreditar em mim... – Stella responde e repete para Cassandra o que Lo disse.

– Você tem que voar o mais rápido possível para a Igreja de Gelo – diz Cassandra. – Senão, você permanecerá como anjo para sempre.

– Talvez seja o melhor para mim, já que nem tenho para onde ir – afirma Lo. – Um anjo sem teto pode morar onde quiser, ninguém consegue vê-lo mesmo.

– Pare de sentir pena de si mesma. Vocês podem arranjar um outro apartamento depois. Vá agora, senão será tarde demais! – Stella a aconselha.

– Eu não sinto pena de mim mesma – responde Lo. – Só estava tentando brincar um pouco, mas o seu cérebro de minhoca não entende nada.

Lo não espera a outra retrucar, abre as suas asas e sai voando através do telhado do prédio. A única razão pela qual ela responde para Stella é porque a garota mostra-se, até agora, a única humana que consegue escutá-la. Assim que encontrar outra pessoa, não vai mais precisar falar com aquela idiota.

O caminho pelo ar é muito rápido e ela se esforça bastante para chegar logo. A Igreja de Gelo está lá onde a deixaram. No seu interior, as luzes das velas oscilam, dando ao local um ar misterioso. Um ônibus solitário trafega pela estrada naquela paisagem de inverno. Lo escorrega para dentro da igreja e vai até a pia batismal.

Vidar está sentado num banco da igreja com o braço apoiado no ombro de Amir, para consolá-lo, dizendo que tudo vai dar certo, que conseguirão fazer sozinhos o que for preciso, mesmo sem Lo. Ele afirma isso para o amigo, mas na verdade seus pensamentos são outros. Ele também está com medo e faria qualquer coisa para que ela voltasse agora. "Qualquer coisa", pensa Vidar.

– Que bom, assim eu já sei! – diz Lo, achando que Vidar consegue escutá-la.

– Lo, onde você está? – Vidar pergunta, pois é capaz mesmo de ouvir a voz dela.

– Eu ouvi o que você pensou. "Qualquer coisa", você faria por mim.

– Sim, mas...

– Então, eu já sei – Lo o interrompe, colocando as asas sobre a pia batismal.

Ela sente uma ardência nas costas quando as asas desaparecem e se torna humana novamente.

– Lo! – grita Amir se jogando nos braços dela.

Lo corresponde ao abraço e fica bastante satisfeita. É muito bom poder sentir seus pés firmes sobre o chão coberto de neve, ver a fumaça saindo de sua boca no frio, perceber a barriga roncar de fome. Até a sensação de ardência na ferida que fez no pé lhe dá alegria, pois tudo isso a faz sentir-se viva, humana. Parecia que anos se passaram, mas, na verdade, foi apenas um dia desde que se transformou em anjo. Agora, seu corpo está ali, de carne e osso. Pode esbarrar no que estiver no caminho, consegue esticar o braço e apanhar a pistola depositada no altar, que está muito fria.

Alguém parece se aproximar da Igreja de Gelo e Lo aponta a pistola, instintivamente, em direção à entrada. Seu coração bate mais forte, mas ela consegue ficar firme e sem tremer.

– Escondam-se! – diz ela baixinho, ocultando-se atrás de um pilar, ainda empunhando a pistola.

Algumas pessoas começam a entrar na igreja. Primeiro, ela só ouve passos e vozes. Precisam sair dali antes que sejam descobertos, é o que ela pensa. Mesmo se for a polícia, não pretende soltar a pistola, nunca mais deixará que alguém a faça prisioneira, pois sabe que não suportaria. Por pouco, ela não morreu lá naquele *bunker*, e ninguém vai fazer com que passe por tudo aquilo novamente. Está preparada para enfrentar até a polícia, se for o caso.

Ela logo vê que não se trata da polícia, não por essas pessoas serem jovens demais, mas por causa de seus penteados elaborados, que nenhum policial ia se dar ao trabalho de fazer, mesmo se estivessem disfarçados. O grupo que chegara tem o estilo punk, desde as roupas até os cabelos. Uma garota maquiada de branco, com batom e sombra amarelos, toma impulso e sobe no altar, ágil como uma ginasta. Possui a cabeça raspada, com exceção das laterais, onde deixou os cabelos para cima, como se fossem dois chifres pontiagudos. Os "chifres" estão pintados de negro com as pontas amarelas.

– Minhas senhoras e meus senhores, deixem-me apresentá-los a Deus – diz ela, apontando para si mesma com os dedos indicadores.

A plateia ri e aplaude ao mesmo tempo.

– Dê um sermão! – fala um garoto muito pálido. Seu cabelo espetado está pintado de negro e o olho direito marcado de lápis preto, com traços embaixo, como se fossem cílios.

– Pare! Aqui ninguém pode passar! – a garota começa a cantar. – Aqui ninguém passa, ninguém mais se aproxima, portanto vá embora se ainda ama a vida!

A voz dela é forte e comovente ao mesmo tempo. Lo gostaria de permanecer ali escutando, mas precisam sair discretamente, antes que os outros percebam e enquanto a cantora não consegue desviar o seu olhar daquele garoto pálido e belo.

– Nós viveríamos aqui, nós viveríamos aqui – a garota canta e Lo tem a impressão de que a música é dirigida para ela, Amir e Vidar.

Sentem muito frio quando deixam a igreja para trás. Lo fecha bem o casaco e puxa o capuz sobre a cabeça, sem perceber a presença dele, a princípio. Quando o vê, vai até ele e se abaixa a sua frente. O lince se aproxima e dá uma farejada atrás da orelha dela. Seu pelo é macio e o hálito, quente. Ela nota que ele tem algo a lhe dizer, então fecha os olhos, para poder ver as imagens que o animal lhe manda. Surge em sua mente uma confusão de imagens, que mudam de forma, sem cor. Como se fosse um filme em preto e branco. Preto, branco e cinza. Lo se concentra para que as imagens se fixem melhor, mas não adianta desta vez. As figuras mal se formam e desaparecem. Ela não compreende, mas vai tentar gravar tudo aquilo em sua memória, até que chegue o dia em que consiga entender. Foi assim com a Igreja de Gelo e, quando finalmente conseguiu interpretar, as imagens a guiaram para o lugar certo, e é isso o que vai acontecer novamente. Quando ela abre os olhos, o lince já tinha desaparecido. Seu lince, seu amigo.

Vidar coloca a mão no bolso, sente que as chaves do carro estão ali e, ao mesmo tempo, vê o carro no mesmo lugar onde o estacionou. Pelo jeito, a polícia ainda não procurou aqui perto da igreja. Deviam achar que eles foram mais longe, pois o que iriam fazer na igreja depois de fugir?

Ele dá partida no carro, o motor engasga um pouco e fica em silêncio. Ele tenta novamente, mas sem sucesso.

– O que está fazendo? – pergunta Lo. – Você disse que sabia dirigir.

– Eu sei dirigir, mas o motor está morto – ele responde. – Vamos ter que andar.

– De jeito nenhum! Eu vou pegar o ônibus que está no estacionamento – diz Lo.

– E você sabe dirigir ônibus?

– Eu não pensei nisso, pois o ônibus já tem motorista. Pretendo pegar uma carona – diz ela abrindo a porta do carro.

– Você é quem vai perguntar – sugere Vidar.

Só o fato de pensar em falar com aquela turma descolada, faz com que ele se sinta mais sem graça ainda.

– E quem disse que vamos perguntar? – diz Lo.

Um cheiro forte atinge as narinas de Vidar assim que ele entra no ônibus. "Eles devem ter feito uma festa e tanto por aqui", pensa ele. As duas mesas estão lotadas de latas de cerveja e garrafas de bebida alcoólica. Os cinzeiros, cheios de pontas de cigarro. Sobre os bancos, há maços de cigarro vazios, papel, canetas, um pedaço de sanduíche de queijo e migalhas de salgadinho.

Um pacote de batatinha está enfiado entre dois bancos e Vidar não consegue deixar de apalpar, para ver se há alguma coisa ali. Ainda tem batatinhas, então ele coloca a mão dentro do pacote e pega um pouco. Elas são onduladas e têm gosto de cebolinha-verde. Não são as suas favoritas, mas isso não tem importância, porque ele está com fome. Lo acena para ele lá da parte de trás do ônibus. Ele apanha o pacote de batatinha e vai até ela. Haviam retirado de lá os bancos e colocado colchões, cobertas e travesseiros.

– Vamos nos esconder aqui – diz Lo.

– Mas e se eles... – responde Vidar.

– Quieto! – diz Amir se abaixando. – Eles vêm vindo.

Amir se esconde debaixo de um edredon e se deita no chão do ônibus, que parece sacudir quando a turma toda entra ali. Ouve como eles dão risadas e conversam em voz alta. O ônibus para de tremer assim que todos se acomodam em seus lugares. O motorista dá a partida, vai saindo do estacionamento e pegando a estrada. Nas curvas, Amir é obrigado a se manter no canto, para não ficar deslizando pelo chão. Ele se lembra do carro que lhes deu carona para fugir do lar adotivo, naquela primeira vez, quando achavam que logo estariam em liberdade. Mas a mulher não os ajudou como pensaram, ela os levou de volta a Gunvor e Gillis, para serem castigados.

Ouvem alguém se aproximando, que se senta sobre um colchão, respira fundo e se joga para trás, bem em cima de Amir.

– Ai! – ele geme, mordendo o lábio, arrependido, pois devia ter ficado quieto.

– Mas o que é isso? – diz uma voz de mulher, levantando-se e arrancando o edredon que estava sobre Amir.

Ele olha para ela e vê que é a cantora do grupo, que disse ser Deus, mas que se parece com alguma outra coisa, alguém com chifres na testa, alguém que não costuma ser bonzinho.

– Venham aqui ver o que eu achei! – ela grita. – Temos um caroneiro conosco!

Os outros vêm correndo, espiar o que está acontecendo, e ficam olhando para ele. O garoto pálido, com traços debaixo do olho, olha para Amir com pena.

– Pegou carona sem pedir e deve ser castigado – diz ele, pegando a mão da cantora e levando-a aos lábios. – O que devemos fazer com ele, Diabolina?

Deixe comigo – ela responde.

9

Amir fecha os olhos e tem a sensação de que está caindo, mas na verdade não pode se mover e lágrimas escorrem dos seus olhos, mesmo contra a sua vontade. Ele sabe que não se deve mostrar fraqueza perante aqueles que nos querem mal. Ouviu sua mãe dizer isso uma vez para Edel, sua madrinha, quando achavam que ele estava dormindo. Sua mãe não costumava falar de coisas ruins perto dele e tinha lhe ensinado que quem faz o bem recebe-o de volta.

– Oh, desculpe-me! – diz a garota com chifres, ajoelhando-se ao seu lado. – O meu nome é Lina e eu... Mas, amiguinho, quantos anos você tem e o que está fazendo por aqui? Será que posso ajudá-lo em alguma coisa?

– Lina, dê tempo para ele responder – o garoto pálido a interrompe.

– É... Eu... – começa Amir, parando de falar em seguida, pois não sabe o que dizer.

– Você fugiu de casa, não é? – pergunta o garoto pálido.

– Bem ao contrário – diz Lo, aparecendo. – Estamos voltando para casa.

– O quê? Mais um! Afinal, em quantos vocês estão aqui?

– Somos três! – Lo responde, ao mesmo tempo em que Vidar sai de seu esconderijo.

– Uau, que turminha! – exclama Lina.

Todos os outros caem na risada. Amir está aliviado por saber que estavam só brincando com ele, mas, ao mesmo tempo, é bastante assustador estar num ônibus com um grupo de jovens bêbados, que dizem palavrões e têm uma aparência esquisita. Sua mãe não gostaria que ele tivesse esse tipo de amizade.

– Vamos nos comportar agora, afinal temos crianças aqui no ônibus.

– Eu não sou mais criança – diz Lo. – Tenho 14 anos, praticamente.

– Bom saber – responde o garoto pálido, dando uma piscadinha para ela. – Você pode me chamar de Jocke.

Se Amir não estivesse tão perto de Lo, ia achar que via coisas, pois a amiga ficou com o rosto todo vermelho, algo que ele não imaginava que acontecesse com ela.

– E como eu devo chamá-la? De garota? – pergunta Jocke.

– O meu nome é Lo.

– Oi, Lo – diz Jocke, pegando a mão dela e dando um beijo leve na palma da mão.

Amir nem precisa olhar a cena para saber que Lo deve ter ficado corada de novo. Ele só não entende por que Vidar parece estar tão incomodado.

Lo decide contar ao grupo que eles fugiram de um lar adotivo, pois Lina parece ser uma dessas pessoas que se importam com os problemas dos outros. Começa, então, a descrever com detalhes tudo o que passaram nas mãos de Gunvor e Gillis, de como o casal é malvado, injusto e violento. Conta daquela vez em que Gillis lhe deu um soco no rosto, fazendo com que desmaiasse e fosse obrigada a cuspir, para não morrer sufocada, uma vez que muito sangue escorreu de seu nariz e da ferida no rosto.

– Depois disso, eles nos trancaram numa cela no porão, sem água e sem comida – diz Lo.

– Que horror! – exclama Lina. – Que lugar é esse, afinal de contas?

– É uma espécie de centro educacional. Fica num sítio chamado Paz Celestial.

– Um nome tão inocente para um lugar tão diabólico – diz Jocke.

Lo estremece ao se lembrar e concorda com ele.

– Parece horrível demais para ser verdade – fala um jovem com um lenço de caveira amarrado sobre os cabelos negros. – Você está inventando tudo isso, garota? – ele pergunta, virando a cabeça para o lado e dando um sorriso debochado.

– Pare com isso, Hasse! Você não sabe nada sobre lares adotivos! – diz Lina. – No seu mundinho de classe média, o pior que podia acontecer era ficar sem a sua mesada, ou ter que ir para um simples parque de diversões na sua cidade em vez de ir para a Disney.

– A culpa não é minha de não ter tido uma infância cheia de traumas – defende-se Hasse.

– Mas você podia aprender a ter um pouco de compaixão. Eu sei como é ter uma infância difícil, senão não teria fugido tantas vezes de casa.

– Nós já ouvimos todas as suas histórias muitas vezes – diz Hasse.

– Não estou contando para você, e sim para eles aqui.

Lina afirma que acredita neles e entende como deve ter sido horrível, mas diz que há bons lares adotivos e ela conseguiu ir para um desses.

– Eles ainda recebem crianças lá, eu posso perguntar a eles se vocês...

– Não, muito obrigada! Vamos dar um jeito de ir para as nossas casas – diz Lo.

– Onde vocês moram? – pergunta Jocke.

– Em Estocolmo.

– Nós estamos indo para lá – diz Jocke. – Será obra do destino?

Lo sente seu rosto corar novamente. O que está acontecendo? Por que tem que ficar vermelha cada vez que o garoto fala com ela?

– É claro que vocês podem ir junto – diz Lina. – Vamos tocar amanhã em Sveg e depois iremos para Estocolmo.

– Tocar? – Amir pergunta e Lo se sente aliviada por não precisar se sentir burra ao perguntar o que eles tocarão.

– Somos uma banda e estamos fazendo uma turnê. A nossa banda se chama Flyktsoda, por causa de uma música da Ebba Grön.

– Que Ebba? – Amir quer saber.

– É um grupo de música punk – responde Lina, fazendo um carinho no braço de Amir. – Durma agora, porque ainda temos muito chão pela frente. Eu chamo vocês quando estiver na hora do café da manhã.

Amir e Vidar logo adormecem, mas Lo fica acordada de guarda, ouvindo com atenção as conversas do grupo. Não parecem estar todos de acordo que Lo, Amir e Vidar viajem com eles. Hasse acha melhor deixá-los em algum restaurante na estrada amanhã de manhã, pois ele não quer levar crianças na turnê.

– Além disso, não somos nenhuma organização de ajuda a crianças.

– Mas podemos ser bacanas alguma vez – diz Jocke, com sua voz rouca e melodiosa.

– Hasse é um egoísta! – exclama Lina.

– E você é a Madre Lina, pois, se pudesse escolher, recolheria todas as crianças e animais perdidos, mas eu quero paz entre os shows, sem ter que ficar de babá de ninguém.

– Pare com isso! Essas crianças sabem se cuidar sozinhas e você não vai precisar fazer nada. Estão só pegando uma carona conosco. Não entendo, por que não se pode ajudar os outros ao mesmo tempo?

– Porque vão acabar nos atrapalhando, isso sim – fala Hasse.

Lo ouve eles abrindo uma lata de cerveja.

– É por causa da bebida? – Lina pergunta para Hasse.

Os outros caem na gargalhada, falando todos simultaneamente e fica difícil para Lo ouvir o que estão dizendo agora. Ela se esforça, mas parece que só estão comentando besteiras. No entanto, é melhor ela ficar acordada, para não ter nenhuma surpresa desagradável. Apenas fecha os olhos por um instante para descansar. Aos poucos, vai caindo no sono e sonha com um cavaleiro que tenta lhe dar uma flechada. Ela pula para o lado e a flecha acerta uma árvore. Foge para a floresta, e o lince vai lhe mostrando o caminho, que fica cada vez mais escuro. Já não vê mais o lince e ela corre rapidamente para ver se o alcança. Um raio aparece no céu, iluminando tudo a sua volta. Agora já não está mais na floresta, e sim em uma caverna, debaixo da terra. Ele está na sua frente e a avisa:

– Não confie em ninguém.

Seu olho direito está maquiado, com riscos imitando cílios.

Vidar acorda com um solavanco. O ônibus parece ter parado e está em completo silêncio. Ah, não! A banda foi embora e os deixou lá. Amir dorme ao seu lado, mas Lo está acordada e lhe dá uma piscadinha quando ele olha para ela.

– Eles nos deixaram aqui? – Vidar pergunta.

– Não, o ônibus acabou de parar – ela responde.

Então, ele vê a motorista, sentada no seu lugar, que se vira e olha para a parte de trás do ônibus. Ela está maquiada de negro ao redor dos olhos, assim como os outros, mas o seu cabelo não está penteado no estilo punk. Seus cachos castanhos chegam até os ombros e ela tem um leopardo zangado tatuado no braço direito.

– Hora de acordar – ela anuncia, buzinando. – Café da manhã!

Vidar lhe dá um sorriso, que ela nem se dá ao trabalho de corresponder. Eles têm que ficar satisfeitos por poder pegar carona com a banda. Ele pensa em permanecer no seu canto, sem incomodar ninguém.

– Estou morta de fome – declara Lo.

– Eu tenho um pouco de dinheiro – diz Vidar, procurando na mochila.

– Deixe assim – diz Lo. – Temos que ter um dinheiro guardado para emergências.

– Mas...

– Lina é bacana e se ofereceu para pagar.

Lo coloca a mão sobre o ombro de Amir e o sacode levemente, até conseguir acordá-lo. Enquanto o pessoal da banda vai despertando com queixas e gemidos, Lo diz aos amigos que devem ficar de olho no grupo, para que não os deixem no caminho, pois alguns acham que eles estão atrapalhando. Talvez queiram largá-los num restaurante de estrada, como ela escutou. Vidar não revela que já percebera isso. Ele ficará de olho na motorista, porque sem ela a banda não irá a lugar nenhum.

Parece que é ela que controla o dinheiro também e Vidar ouve falar que se chama Francesca. Lina pede a Francesca que pague o café da manhã das crianças também, mas ela fica um pouco contrariada, até que cede ao pedido da cantora.

O restaurante, que fica em frente a um posto de gasolina, é um local muito amplo e arejado. As cadeiras são de madeira com almofadas forradas de couro sintético verde. Sobre as mesas, há toalhas de um xadrez marrom e branco. O restaurante ainda está vazio, sem nenhum funcionário lá. O barulho da televisão ligada mostra que alguém estivera por ali. As vitrines de doces e comidas estão vazias. Sobre a chapa quente, onde o café costuma ficar, há apenas algumas moedas antigas.

– Oi! Tem alguém aí? – Lina pergunta.

Ninguém responde. Ela chama novamente, mas sem sucesso.

– Vou à cozinha dar uma olhada – diz Jocke, saltando por cima do balcão.

Primeiro, escutam apenas a voz de Jocke lá na cozinha, mas, em seguida, ouve-se uma voz feminina também.

– Oi, bonitão! Em que eu posso ajudá-lo?

– Com o café da manhã. Somos um grupo grande.

– Pena que não é só você – responde a mulher, dando uma risada bem alta.

O que as garotas veem naquele Jocke? Vidar olha para o outro, que vem saindo da cozinha. O que ele tem assim de tão especial?

Uma mulher de quase dois metros de altura e cabelo platinado vem atrás de Jocke.

– Eu posso fazer um pouco de cada coisa, um bufê de café da manhã, se vocês quiserem – oferece a mulher.

– Estou morto de fome! – diz Hasse. – Ovos, bacon, salsichas e...

– Iogurte – Jocke o interrompe – e alguma coisa sem carne, por favor.

– Para mim também. E litros de café – completa Lina.

Depois de todos fazerem os seus pedidos, a mulher manda que eles se sentem e aguardem. Vidar não pediu nada, pois nem precisava, já que os outros se adiantaram e escolheram tudo o que ele tinha vontade de comer. Quando se dirige para a mesa, ele percebe que Lo está esperando por Jocke, para ver aonde ele vai se sentar, aí, então, ela se acomoda ao lado dele. Não que Vidar se importe com isso, mas o outro é bem mais velho do que ela, deve ter uns 18 ou 20 anos de idade.

Jocke nem percebe o quanto Lo o observa, pois está concentrado na televisão. Todos estão assistindo às notícias, algo sobre economia mundial, no entanto, em seguida, vão mostrar as matérias locais.

Amir fica paralisado. Seu cérebro demora um pouco para assimilar o que está sendo dito na televisão. Quando o repórter fala sobre um caso de ameaça à mão armada e tiros disparados, ele acha que se trata de um assalto, mas logo mostram várias fotografias. São imagens dele, de Vidar e de Lo. Ele e todos os outros ali no local podem ver claramente de quem se trata. Da maneira como foram mostrados nas notícias, os três parecem ser criminosos altamente perigosos e armados.

Os três amigos continuam ali sentados, sem saber como agir. Ninguém diz nada, mas o clima de descontração já não existe mais. Há uma grande tensão pairando no ar. Lina se vira para Amir e não parece nem um pouco satisfeita.

10

Amir respira fundo e olha para Lo. O que vão fazer agora? Será que devem sair correndo dali? Ele vê Lina se aproximar da televisão, esticar o braço e desligá-la. Ao mesmo tempo, ouve um barulho de saltos de sapato martelando no chão e se vira para ver quem é.

– O café está servido – anuncia a mulher do restaurante.

– Estou morrendo de fome! – diz Lina, indo rapidamente até o bufê.

Os outros a seguem, escolhendo o que desejam comer. A mulher serve café e faz piadinhas com todos. O clima está novamente descontraído e se ouve muita conversa entre o grupo. Até Amir consegue fazer um comentário divertido. Sente-se tão aliviado que parece até mais leve e que vai sair voando, mas sabe que agora isso não é possível, pois no momento é apenas humano.

Eles devem ser mais cuidadosos agora que mostraram suas fotos na TV por todo o país. Ele nunca imaginou que fossem fazer uma coisa dessas. Sabia que a polícia ia procurá-los, pois tinham fugido, mas divulgar seus rostos na televisão para toda a Suécia era mais que um exagero. Talvez colocassem nos jornais também. Ou nas manchetes, assim como fazem quando as pessoas famosas pisam na bola. Agora, Amir sabe que mentem e exageram na televisão também e não somente nas revistas de fofocas. Ainda bem que a mulher do restaurante não teve tempo de assistir ao noticiário, graças a Lina que desligou a TV na hora certa.

~

Lo olha em volta, procurando um telefone. Queria muito ligar para Cassandra e contar que estão a caminho de Estocolmo. Encontra um aparelho atrás do caixa do restaurante, e de lá ainda consegue observar os movimentos do pessoal da banda, a fim de que não os deixem para trás naquele restaurante no meio da estrada. Agora que todos viram as notícias, deve haver mais integrantes da banda com vontade de se livrar deles, assim como Hasse queria desde o início, e Lina pode ter mudado de ideia. Lo precisa pensar em alguma coisa que os convença a levá-los até Estocolmo, o pessoal da banda não parece ser do tipo que os entregaria para a polícia. Pelo menos, nada disseram para a mulher do restaurante, que não teve tempo de ver as notícias, antes de Lina desligar a TV.

– Posso usar o telefone? – Lo pergunta para a mulher do restaurante.

– É claro. Só não fique falando por muito tempo – ela responde, dando um sorriso.

– Muito obrigada!

O telefone mal toca uma vez e Cassandra já atende do outro lado.

– Oi, aqui é Lo!

– Você conseguiu! Ou será que aprendi a escutar a sua voz de anjo?

– Sim, cheguei a tempo. Estamos a caminho de casa agora. Você ficou sabendo de mais alguma coisa?

– Eles foram muito amigáveis lá na prisão e eu vou visitar a mãe de Vidar hoje mesmo.

– Que bom. Eu lhe telefono de novo quando puder.

Lo desliga e agradece mais uma vez à mulher do restaurante.

Estão todos muito quietos no ônibus. Quando Lo tenta contato com Lina, esta vira o rosto para o outro lado. Francesca liga o motor, engata a marcha certa e deixa o estacionamento do restaurante para trás. Estão agora na autoestrada e podem admirar a paisagem enfeitada de pinheiros durante todo o caminho. Lina começa a falar e Lo percebe, apesar do tom de raiva na voz, que a outra está magoada com eles. Lo a entende perfeitamente, pois em seu lugar sentiria o mesmo.

– Não é verdade o que disseram nas notícias – diz Lo.

– Então, não ameaçaram os pais adotivos com uma pistola e nem dispararam tiros? E a polícia não está atrás de vocês?

– Mas não é como eles disseram.

– O que realmente aconteceu? – Lina pergunta.

– Não seja assim tão boazinha – diz Hasse. – Eles nos enganaram! Vamos fazer uma votação para expulsá-los daqui.

– Vamos deixar que eles contem a sua história primeiro – diz Jocke.

Lo lhe dá um sorriso de agradecimento.

– Você tem que contar a verdade – continua Jocke. – Nada de escolher detalhes melosos para derreter o coração de Lina, está bem?

– Está bem, toda a verdade e nada mais que a verdade – responde Lo.

E olhando para Vidar completa:

– Você vai contar!

– Por que ele agora? – Jocke pergunta.

– Porque foi ele quem empunhou a pistola – Lo explica.

Vidar começa a contar como foi tudo, desde o início. Primeiro, ele escondeu a pistola a fim de usá-la num caso de emergência e decidiu que a ocasião tinha chegado quando os pais adotivos prenderam Lo e Amir no *bunker*, além disso descobriu que Gillis podia ser muito violento. Ele foi obrigado a fazer alguma coisa para impedir que Gunvor e Gillis saíssem atrás de Lo e Amir, que tinham conseguido escapar do *bunker* e estavam fugindo da fazenda. Vidar deu dois tiros na parede da casa, para que os pais adotivos ficassem com medo e lhe obedecessem. Também fez com que Gunvor e Gillis se algemassem ao corrimão da escada, para dar tempo de sair dali, no carro deles, atrás de Lo e Amir. Depois, todos se encontraram na Igreja de Gelo, o carro não funcionava mais e eles tiveram que se esconder no ônibus.

Vidar não mencionou nada sobre o fato de que cada um deles tinha seu animal protetor: uma águia, um texugo e um lince. Tampouco revelou que os três eram meios-anjos.

– E agora estamos aqui – diz Vidar. – Por favor, não nos deixem na estrada. Se fizerem isso, não teremos nenhuma chance!

– Onde está a pistola? – pergunta Jocke.

– Eu estou com ela – responde Lo, colocando a mão no bolso da jaqueta.

– Pare! Deixe que eu pego – diz Jocke.

Lo solta a arma e as mãos quentes de Jocke deslizam para dentro de seu bolso, em busca da pistola. Ela retira a sua mão, rapidamente, como se tivesse se queimado, mas a mão dele não está quente a esse ponto.

– Bem pesada! – ele avalia, segurando a arma.

– Guarde isso agora, é um perigo! – ordena Lina.

Jocke desarma a pistola e três balas vão parar em sua mão.

– Agora, o perigo já passou – ele afirma, entregando a pistola de volta para Lo. As balas ficam com ele.

– Eu ainda quero me livrar deles – fala Hasse. – Podemos ser acusados de cúmplices e eu não pretendo me arriscar por causa desses garotos.

– Se nenhum de nós der com a língua nos dentes, a polícia não vai ficar sabendo de nada – afirma Lina.

– Está bem, mas e se alguém os reconhecer e vir que estão conosco?

– Podemos dar um jeito de eles não serem reconhecidos – responde Lina.

– Exatamente! Vocês precisam mudar de visual – diz Jocke, olhando para Lo.

– Como assim? – pergunta Lo, corando novamente.

– Você sabe, dá para reconhecê-los de longe. Vão ter que ficar parecidos conosco.

Ainda não decidiram como tudo se ajeitaria, mas também não os abandonaram na estrada. O humor de Hasse piorou e Francesca só se preocupava em dirigir, sem fazer as suas piadinhas habituais, mas ela, além disso, devia estar cansada, pois nem dormiu à noite.

Lina parece muito animada, procurando tesoura, pente e tinta de diversas cores. Ela está pronta para mudar o visual dos três e fazer com que eles pareçam pertencer à banda.

Amir nem precisa de espelho para saber que está diferente, pois o olhar de Vidar já diz tudo. Mesmo assim, aceita se olhar no espelho, logo que Lina termina.

– Oh, não! – Amir exclama. Desse modo, ele não poderia sair na rua, com o cabelo todo espetado, penteado para cima e pintado de um amarelo gritante.

– Espere um pouco – diz Lina, sacudindo a garrafinha de tinta e borrifando mais sobre os cabelos do garoto. – Agora sim. Esse amarelo combina bem com os seus olhos castanhos, mas está faltando um enfeite.

Ela abre uma mala, despejando seu conteúdo sobre o assento do ônibus. Há lenços coloridos, correntes, camisetas com nomes que Amir nem conhece, uma grande quantidade de alfinetes de segurança, roupas de baixo com rendas. Lina o ajuda a escolher algumas coisas, para que suas roupas "normais" fiquem mais no estilo punk. Nas costas dele, ela prende, com os alfinetes, uma figura. Coloca correntes ao redor do seu pescoço, além de uma bandana colorida.

– Nem a sua mãe iria reconhecê-lo agora – diz Vidar.

– Talvez, mas de perto ela ia me identificar, sim. Ou nem se importaria em se aproximar para olhar. Parece mágica! Você não pode ser visto porque está muito visível.

Agora é a vez de Lo. Lina quer cortar o cabelo dela, mas Lo se recusa. Aceita fazer umas mechas negras em seus cabelos castanho-claros. Em seguida, o cabelo é penteado para cima e um lenço impede que caia no rosto, enquanto Lina se encarrega da maquiagem. Depois Lina se afasta para admirar o seu trabalho e parece muito satisfeita com o que fez.

Amir mal reconhece a amiga, que aparenta ser bem mais velha agora. Quando Lo sorri, seus olhos brilham e ele vê que é a mesma amiga ali, debaixo de toda aquela maquiagem pesada. Acha que ela fica muito mais bonita sem aquilo tudo, mas no momento o disfarce é bastante necessário.

Vidar observa uma senhora retirar os jornais velhos da prateleira, enquanto ele e a banda fazem o *check-in* na recepção do albergue. Assim que os jornais novos são colocados no lugar, ele vê qual é a notícia principal do dia e estremece. Há uma foto dele e dos amigos na primeira página do jornal, com a seguinte manchete: "Fugitivos perigosos."

Ele respira fundo e espera que a senhora não os reconheça e avise a polícia. Ela não faz nem uma coisa nem outra, apenas olha para ele com uma cara de desagrado, como muitos adultos se acham no direito de fazer quando encontram crianças ou jovens, mas nunca agiriam dessa forma perante outros adultos, o que é muito estranho.

Vidar tenta dar o seu sorriso mais bonito para a senhora, mostrando como é simpático. Ela desvia o olhar e sai. Ele só espera que ela tenha ficado envergonhada pela sua atitude, de como o olhou.

– Imagine se a gente fosse assim tão famoso – diz Jocke, olhando para os jornais. – Poderíamos ficar ricos.

– Vamos fazer alguma coisa sensacional hoje à noite – sugere Hasse. – Algo que vire manchete!

– Eu acho que deveríamos ter cuidado no momento – fala Lina, parando em frente aos jornais. – Não é a hora certa para se chamar atenção.

– E de quem é a culpa? – pergunta Hasse, encarando Lina.

Vidar deixa seu corpo acompanhar a música. Não que esta seja a sua canção favorita, mas todos à sua volta parecem fazer isso e ele não quer se mostrar diferente. A apresentação é no auditório da Prefeitura, que dá a impressão de ser igual ao da sua cidade. As paredes pintadas de tons neutros, piso de vinil e um pequeno palco no canto da sala. Ele nunca foi a um show de rock antes, somente frequentou as festas de Natal e participou do bingo algumas vezes. Esse evento é algo bem diferente para ele e, se não tivesse fugido, não teria a oportunidade de estar ali. Na verdade, gostaria de ter ficado no albergue, mas Lo e Amir queriam ir ao concerto e ninguém se importava com a sua opinião mesmo.

Lina disse que eles deviam fazer de conta que estavam se divertindo, para que ninguém desconfiasse de nada e não suspeitasse de que eles eram fugitivos perigosos procurados pela polícia.

Jocke canta com sua voz profunda e rouca, que não é tão bonita quanto à de Lina, mas que atrai a atenção das pessoas por transmitir certo sofrimento, algo que Vidar reconhece. Não é só a letra da música que o emociona, há algo mais, algo que o faz sentir vergonha, mas que fica bonito cantado por Jocke. Se Vidar soubesse cantar assim, as garotas olhariam para ele de outra forma, assim como Lo olha para Jocke quando ele está cantando.

As garotas da plateia fazem fila em frente ao palco, como se alguém as tivesse mandado para lá. Deve ter sido alguma coisa que Jocke fez ou disse, algum sinal que Vidar não entendeu. Jocke se ajoelha em frente à primeira garota da fila. Ela estende o braço e ele dá um beijo na palma da sua mão. Além disso, olha nos olhos dela, antes de soltá-la. Depois é a vez da próxima da fila, e assim por diante. Ele volta ao microfone para cantar outra música e Vidar acha que Lo parece decepcionada, talvez pensasse que era só ela que tinha a mão beijada por Jocke, mas ele está pronto para beijar todas as garotas.

– Todas as belas rosas ficam molhadas – ele canta – do sangue da sua santa cruzada. Eu nunca vou perdoar o que aconteceu junto ao muro. Já pensei em fugir, quero ver o seu corpo, quero tocar na sua pele, ouvir a sua voz. Quero chegar mais perto e cochichar no seu ouvido...

A plateia canta com ele:

– Vamos ficar juntos para sempre, vamos ficar juntos para sempre, para sempre, para sempre...

E agora só a voz de Jocke:

– Eu sei, sei bem como se voa por cima do muro. Sei bem e até encontro no escuro...

Vidar estremece quando o outro canta sobre muros, de como se voa por cima deles. Não é apenas o muro do lar adotivo que é um obstáculo para eles, essa fuga é algo muito maior, mais complicado. Se conseguir sair vivo de tudo isso, ele promete contar ao mundo tudo o que aconteceu. Todos ficarão sabendo, quando suas vidas não correrem mais perigo e não precisarem manter tudo em segredo.

A música termina com um solo de saxofone executado por Jocke. Depois ele agradece a Ebba Grön pela música "Die Mauer" e dedica essa canção, que fala de uma fuga, para três pessoas.

– Para os fugitivos que eu conheço – diz Jocke –, que vocês também devem conhecer: Lo, Amir e Vidar, cujas fotos estão nas páginas dos jornais de hoje!

Não! Por que eles não ficaram no albergue? Por que ninguém o ouve? Devia sair correndo dali, mas está paralisado, não consegue se mover; no entanto, dentro do peito, seu coração bate com muita força, como se quisesse escapar. Ele parece estar esperando pelo golpe de misericórdia.

11

Lo fica parada na frente do palco e sem reação, olhando para Jocke. Lembra-se daquela vez em que Vidar os traiu, na primeira tentativa de fuga deles, fazendo com que ela e Amir fossem aprisionados no *bunker*. Ela ficou muito surpresa, mas nem se comparava com o que estava sentindo agora, pois tudo de bom que achou de Jocke não passava de um engano, ele que parecia ser uma pessoa tão legal, confiável e disposta a lutar a favor dos oprimidos pela sociedade.

– Eu desejo a eles boa sorte na fuga – diz Jocke, piscando para Lo. – Onde quer que eles estejam!

O público aplaude muito, dando assobios de aprovação. Lina passa o arco sobre as cordas do violoncelo, num tom baixo, e eleva sua voz. Como se corda e voz quisessem fazer coisas diferentes, lutar uma contra a outra, assim como os sentimentos contraditórios que Lo está experimentando no momento. Ela está feliz porque tinha razão quanto a Jocke, pois agora tem certeza de que ele está do lado dela e de seus companheiros.

Alguém coloca a mão sobre seu ombro e ela se vira. Leva alguns segundos para que reconheça quem é. Vidar ficou muito diferente com aquele cabelo preto e com os olhos pintados, até que estava bacana. Quando ele abre a boca e começa a falar, parece que o encanto se quebra, pois diante dela é o mesmo Vidar de sempre, que gagueja ao dizer alguma coisa, que é muito inseguro, mas o seu olhar de coitadinho ficou disfarçado por baixo de tanta maquiagem, assim Lo nem se mostra tão irritada com ele desta vez.

– O que você quer que eu faça? – ela pergunta.

– Seria bom se telefonasse para Cassandra...

– É claro que ligarei – ela o interrompe. – Também quero saber sobre o que sua mãe e Cassandra conversaram.

A recepção está vazia e os três entram juntos na cabine telefônica. Desta vez, Cassandra não atende prontamente. Lo é obrigada a ligar outra vez e espera o telefone tocar por bastante tempo. Na terceira tentativa, alguém atende.

– Alô – diz Stella, com a voz ofegante.

Lo ouve a voz de um garoto ao fundo, que fala para Stella desligar o telefone.

– Oi, aqui é Lo. Queria falar com Cassandra.

– Ela saiu para fazer compras. Onde você está?

– Em Sveg.

– Sveg? Que lugarzinho é esse? Fica em Norrland?

– Fica mais ou menos no centro da Suécia, mas eu não estou a fim de discutir geografia com você agora. Diga para Cassandra que eu ligo mais tarde de novo.

– Espere, ela vem vindo.

Lo escuta Cassandra perguntar para Stella quem é o garoto que está com ela. Ele provavelmente não estava lá quando ela tinha saído para fazer compras. Stella nem responde, apenas anuncia que Lo a espera na linha. O orelhão solta um ruído e Lo coloca mais uma moeda no aparelho. Ela está com pouco dinheiro e espera que seja suficiente e dê para conversar com Cassandra.

– Conte-me logo – diz ela. – Tenho pouco dinheiro aqui.

– Uma guarda ficou junto o tempo todo – responde Cassandra. – Não pudemos falar muito.

– Espere – alerta Lo. – O amigo de Stella não precisa ouvir o que você vai dizer.

– Stella, vocês podem ir para o seu quarto agora? – Cassandra pergunta para a filha.

– Mas a gente ia comer...

– Stella, por favor. É uma conversa particular, você sabe...

– Está bem. Venha, Love – diz Stella.

Cassandra começa a contar sobre a visita à prisão. Foi uma conversa meio difícil de se entender, tanto para ela quanto para a mãe de Vidar, mas chegaram a um ponto em comum. Agneta ia dizer à mãe de Lo que pedisse autorização para receber visitas. A polícia parecia colaborar quando achava que iria levar alguma vantagem, dando essa autorização. Se Cassandra conseguisse falar com a mãe de Lo, ficaria tudo mais fácil, pois ambas se entendiam muito bem. A madrinha de Amir, a advogada Edel, está examinando todos os processos com muita atenção e as mães serão ouvidas novamente.

– Eu não contei tudo para Edel, ela ia me achar uma louca, mas eu disse que temos contato por telefone e que vocês estão escondidos.

– Isso é verdade – diz Lo –, mas você não precisava ter contado nada da gente.

– Desculpe-me, mas não consegui me segurar. Ela estava tão preocupada por Amir ter fugido. Vocês estão em todos os jornais!

– Eu sei. Continue, por favor.

– Edel me disse primeiramente que vocês deviam ir para a casa dela, que ela entraria em contato com a polícia, mas eu a fiz entender que não podemos mais confiar na polícia, que pode estar envolvida de alguma maneira, já que três mulheres inocentes foram condenadas. Edel me prometeu fazer de tudo para trazer a verdade à tona, a fim de que vocês possam voltar para casa. Eu prometi mandar lembranças da parte dela para Amir e dizer a vocês que tomassem muito cuidado.

– Está bem – fala Lo, no mesmo momento em que o telefone começa a apitar, pois está na hora de colocar mais dinheiro.

– Também quero que tomem cuidado – diz Cassandra. – Vocês podem ser reconhecidos a qualquer momento.

– Agora ninguém nos reconhece.

– Como assim?

– Você vai ver quando voltarmos, se conseguir me reconhecer – afirma Lo.

Cassandra não consegue ouvir as últimas palavras, porque a ligação foi interrompida, mas em breve irá revê-los.

Amir olha para fora através da janela do ônibus e fica pensando em como pode haver tanta floresta neste país. São quilômetros e mais quilômetros de árvores alinhadas que parecem não ter fim, ao longo da estrada. Na verdade, ele devia aproveitar para dormir agora, já que ficou acordado grande parte da noite. Todos ocuparam o mesmo quarto no albergue, que possuía cinco beliches e um sofá-cama, mas a maioria da banda nem dormiu, pois fizeram festa a noite toda. Ele, Lo, Vidar e Francesca tentaram adormecer, mas, com o barulho todo, foi impossível. Quando chegou a hora de levantar, parecia que ele havia acabado de pegar no sono. Porém, não estava reclamando e se sente agradecido por poder seguir de carona no ônibus. Deve ser ilegal ficar escondendo fugitivos, quem faz isso pode até ser mandado para a prisão, portanto a banda está se arriscando muito em ajudá-los dessa maneira. Graças a Lina que ainda estão ali, pois, se dependesse de Hasse, a coisa seria bem diferente. Amir gostaria de dar um presente para Lina, como forma de agradecimento.

Agora, a floresta deu lugar a outro tipo de paisagem. Lá fora, as luzes dos prédios e dos postes iluminavam um pouco aquela noite escura. O ônibus está andando em uma das pistas da autoestrada, que se divide em três para cada direção. A cidade começa a mostrar a sua cara e logo todos chegarão aos seus destinos, deixando o conforto do ônibus para trás.

– Onde eu devo deixar as crianças? – pergunta Francesca.

– Falta pouco – responde Lo, indo falar com a motorista.

Francesca sai da autoestrada, entrando num bairro de prédios altos e idênticos. Podia ser um bairro qualquer do subúrbio de Estocolmo, pois há uma infinidade deles, mas estão próximos ao prédio de Cassandra, uma vez que é para lá que eles vão. Francesca estaciona e abre a porta do veículo. A porta sempre faz um ruído parecido com um suspiro de alívio solto por alguém, que é o que a banda deve estar sentindo agora ao se livrar das três crianças.

– Aqui está! – diz Lina, entregando a Amir um papel com o número de seu telefone. – Se precisarem de ajuda, é só me ligar.

Lina dá um longo abraço em Amir, como se não quisesse mais soltá-lo.

– Tenha cuidado – ela recomenda. – E me telefone se precisar de alguma coisa!

– Eu prometo tomar conta dele – diz Lo, agradecendo a Lina pela carona e pela bolsinha com maquiagem e tinta para o cabelo que a outra lhe deu, caso precisasse retocar o seu disfarce.

– Você não vai me agradecer também? – pergunta Jocke, estendendo sua mão para ela.

Lo agradece a ele também, que dá um leve beijo na palma de sua mão, assim como fez outras vezes. Em seguida, ele coloca alguma coisa no bolso da jaqueta dela.

– Boa sorte! – ele diz.

Amir, Lo e Vidar ficam olhando o ônibus ir embora. Lina tem uma das mãos encostada à janela. Ela parece contente e triste ao mesmo tempo e é assim que Amir também se sente no momento. Feliz em tê-la conhecido e triste por ter que se despedir dela, pois não é sempre que se encontra alguém que poderia ser uma amiga de verdade. Ele espera que um dia se reencontrem.

Amir olha para cima e vê o contorno de um pássaro no telhado do prédio mais próximo. Ele também gostaria de estar lá em cima, vendo a cidade. Sentiria mais segurança, observando tudo de longe, como se fosse num filme, mas isso não é possível. Neste drama da vida real, ele é um dos atores principais e espera que tenha um final feliz. Se queremos realmente alguma coisa, o universo colabora para que isso aconteça. Ele quer muito acreditar que seja assim.

Vidar vê a águia no telhado do prédio e a reconhece como a sua águia. Ela deve tê-los seguido até aqui, mas de longe, sem se aproximar.

– Venham! – diz Lo, andando rapidamente – Cassandra está nos esperando.

Vidar abre o casaco, pois não faz muito frio, apesar de já ter escurecido. A neve já derreteu e apenas a areia sobrou sobre as calçadas, como uma espécie de testemunha do inverno rigoroso e escorregadio. Agora as pedrinhas de areia se acumulam nas solas dos sapatos, arranhando o chão. Vidar vai andando e escorrega algumas vezes na subida para a entrada do prédio de Cassandra.

Estão se aproximando da entrada do edifício de número 124. São obrigados a trocar de calçada, pois aquela estava em obras. Um grupo de garotos sobe e desce correndo pela colina, num tipo de competição. Cada um deles tem um carrinho que solta lá de cima, até uma placa de madeira que colocaram na parte de baixo do lugar. Vidar acabou de passar por ali, sem tropeçar, mas um dos meninos dá um encontrão nele. Vidar estende a mão a fim de ajudar o outro, mas ele se equilibra e grita para os outros que ganhou. O garoto é um verdadeiro campeão, desses que não quer a ajuda de ninguém. Ele não é como Vidar, que fica pertinho de Lo para se sentir mais seguro.

Ouvem, de repente, um grasnido muito alto. Vidar olha para cima e vê a águia voando em círculos sobre eles e soltando mais grasnidos. Deve ser um aviso de que eles estão em perigo. Vidar vai até Lo e Amir e diz que não devem se aproximar da entrada do prédio, e sim continuar pelo caminho que sobe a colina.

– Mas por que isso agora? – pergunta Lo, um pouco irritada.

– Porque a águia nos avisou.

Lo olha para cima e, ao mesmo tempo, a águia solta outro grasnido. Eles veem o pássaro voar acima das cabeças deles.

– Está bem, vamos continuar pelo caminho.

Os três sobem a colina, sem olhar para a porta do prédio de Cassandra, mas sim para a pizzaria do outro lado. Lá dentro do restaurante, há um homem com o olhar fixo na entrada do prédio número 124. Ele não os vê. Os olhos do homem são azuis e conhecidos.

12

O coração de Vidar bate com muita força e ele se obriga a diminuir o ritmo da caminhada, pois, se começar a correr agora, irá chamar muita atenção e é isso que não quer que aconteça. Eles precisam manter a calma. Lo faz a curva para o lado esquerdo e ele a segue. Uma mulher sai de um dos prédios e Lo se apressa para conseguir segurar a porta, antes que esta se feche novamente.

– Ufa, essa foi por pouco! – exclama a garota.

Vidar sacode a cabeça, concordando. Se a águia não os avisasse, eles teriam ido para o prédio de Cassandra. Mesmo que o homem de olhos azuis não os reconhecesse de uma vez, ele logo perceberia quem seriam eles, pois eram três adolescentes, dois garotos e uma garota, bem como estava procurando. Eles entrariam no prédio, o homem iria olhá-los com mais atenção e chegaria à conclusão de que eram os três fugitivos, e não teriam mais chance nenhuma de escapar.

~~

Lo vai até o guichê do metrô e compra uma passagem para o centro da cidade, a fim de não chamar tanta atenção. Quando se está foragido da justiça, é melhor cumprir a lei. Eles ainda têm um pouco de dinheiro. Acha melhor ir para o centro da cidade porque lá sempre há mais gente circulando, bem diferente do subúrbio, que é um lugar praticamente morto. Se não fosse por aqueles garotos brincando em frente à pizzaria, o homem de olhos azuis os teria descoberto. Agora ele ainda deve estar lá, esperando por eles.

Amir e Vidar foram um pouco antes dela. Foi melhor se separarem e ela sabe se virar sozinha, mas os outros dois precisam da companhia um do outro. Quando ela está na escada rolante, ouve o metrô se aproximar e sai correndo para não perdê-lo. Mas, ao chegar à plataforma, as portas já estão se fechando e o trem não a espera. As luzes traseiras do metrô parecem dois olhos vermelhos brilhando na escuridão do túnel.

Lo respira fundo e sorri. Reconhece o cheiro de ferro e de borracha queimada dos freios do trem. Ela sempre adorou andar de metrô! Quando era pequena, ela, a mãe e o pai pegavam a escada rolante que levava para debaixo da terra, e sabia que estava a caminho de uma aventura, de um passeio onde tudo podia acontecer.

Ela observa ao seu redor. As paredes e o teto dali foram pintados num verde acinzentado, com exceção da parede do outro lado dos trilhos. Lá se vê um quadro enorme retratando águas azuis, pinheiros e um barco a vapor com uma chaminé vermelha. Na cabine, o capitão está pronto para puxar a corda do apito.

Ali embaixo está tudo em silêncio e não há mais ninguém. Apesar disso, ela não se sente sozinha. Vai para perto da escada rolante, se precisar fugir de alguém. Acha que viu uma figura se aproximando e ela apressa o passo, mas não quer mostrar que está com medo. Acha que a escuridão é quem a está assustando, pois não tem ninguém vindo do túnel, mas há algumas pessoas descendo as escadas. São dois guardas que vêm vindo. Lo olha à sua volta e não encontra nenhum lugar onde possa se esconder, além de um portão gradeado. Atrás do portão, existe uma escada que adentra o túnel, mas, para chegar lá, terá que descer e andar nos trilhos, o que é muito perigoso. Ela toma impulso e pula, evitando andar sobre os trilhos, pois sabe que estes são carregados de eletricidade. Vai rapidamente até a escadinha e se encolhe. Os passos dos guardas ecoam atrás dela, eles se aproximam e param muito perto, do outro lado do portão gradeado. Lo segura a respiração e pressiona o corpo contra os degraus da escadinha.

– Olá, tem alguém aí? – pergunta um dos guardas.

Uma batida forte contra o portão faz com que ela se assuste e esbarre numa pedra, que sai rolando.

– Nós sabemos que você está aí. Saia e coloque as mãos sobre a cabeça!

Lo se deita no chão duro e sente alguma coisa caminhar sobre o seu corpo e correr pelas escadas.

A luz de uma lanterna ilumina entre as grades e o que saíra correndo é visto pelos guardas. Um rato muito grande e gordo! Os guardas caem na risada.

– Que figura! – diz um deles.

– Vamos ter que entregá-lo para a polícia – diz o outro.

Em seguida, os dois vão embora. Lo espia pelo portão e vê que eles já se foram, em direção à outra saída. Seus cassetetes, pendurados aos cintos, balançam ao ritmo de seus passos.

Não era por ela que eles procuravam, pelo menos não desta vez. Alguém devia ter feito algo proibido por ali. Alguém que se assustou e fugiu, para não ser entregue à polícia. Ela escapou então. Foi salva por um rato!

Amir está encostado em um pilar da estação central, sem tirar os olhos da escada rolante. Lo já devia ter chegado, pois a viagem até ali é muito rápida. Ela disse que só esperaria passar uns dez minutos, depois de eles terem ido, e pegaria o metrô em seguida. Era a primeira vez que ele andava de metrô sozinho, apesar de Vidar estar junto. Vidar, que nunca andara de metrô em toda a sua vida. Amir teve que mostrar o caminho e sabia bem por qual lado deviam sair. Sua mãe havia lhe ensinado e mostrado muitas vezes, ainda que nunca o tivesse deixado ir sozinho. Era o único da sua turma da escola que ainda ia e voltava acompanhado da mãe, mas isso parecia ter acontecido há muito tempo, numa outra vida. Agora ele tem que se virar sozinho, contando com a ajuda de seus novos amigos. Só espera que Lo apareça de uma vez.

– Você quer comprar? – pergunta um homem de roupas velhas e sujas.

– Perdão? – diz Amir educadamente.

O homem fica perto demais dele e Amir sente o seu mau cheiro. O garoto quer sair dali sem parecer mal-educado, mas permanece ali sorrindo amigavelmente.

– Vai comprar? – repete o homem, passando a mão sobre os cabelos imundos.

Amir ainda não compreendeu a pergunta do homem e olha para Vidar, como que perguntando. Vidar sacode a cabeça, mostrando que também não entendeu. Lo, finalmente, vem vindo. Amir levanta a mão e acena para ela, que olha para o outro lado. Amir constrange-se, pois ficou tão feliz em rever a amiga que esqueceu o que combinaram. Como ele podia ser tão idiota? Eles devem se manter separados, para não levantar suspeitas.

– Vai comprar?

Mesmo que Amir não tenha entendido o que o homem deseja, ele percebe que o outro está lhe fazendo uma pergunta. É só responder com um "não, obrigado", mas o homem não desiste. Mantém suas pupilas dilatadas fixas em Amir, que começa a se sentir desconfortável, como se fosse um camundongo paralisado de medo em frente a uma cobra pronta a devorá-lo.

Vidar pega Amir pelo braço na mesma hora que dois homens uniformizados vêm em direção a eles. São dois policiais. Não! Vidar parece tão assustado quanto Amir. Os policiais estão parados na frente deles e eles não têm como sair dali.

– Ele parece ser mais perigoso do que realmente é – diz um dos policiais para Amir.

Amir olha para o chão, querendo desaparecer.

– Olhe aqui, Gurra – diz o policial, colocando a mão sobre o ombro do homem maltrapilho. – Deixe os garotos em paz.

O homem, finalmente, vai embora.

– O que vocês estão fazendo aqui? – pergunta o outro policial.

– Nós... – Vidar começa a dizer. – Nada.

Mesmo que Amir tivesse vontade de falar alguma coisa para ajudar, ele não conseguiria no momento, de tão nervoso. Parecia que a sua língua estava grudada dentro da boca.

– Então, acho que vocês deviam fazer nada em outro lugar – sugere o policial.

– O quê? – pergunta Vidar.

– Aqui é um lugar perigoso para vocês. Nem todos são inofensivos como Gurra, ele só conversa e nem tem nada para vender, já faz tempo. Era da idade de vocês quando começou a se injetar heroína e não demorou muito para que o cérebro dele ficasse danificado. Ele não tinha nem 20 anos de idade.

– Que coisa! – exclama Vidar.

– Que ele sirva de exemplo para vocês – diz o policial. – E vão para casa agora!

Se Amir conseguisse falar no momento, ele diria que era isso o que mais queria fazer. Estava com tanta saudade de casa que chegava a doer. Voltar para casa é o seu maior sonho. Ele não quer ficar aqui, enquanto sua mãe está na prisão. É bom que ele não consiga falar, senão a polícia não o teria deixado partir. Eles iam querer saber por que a sua mãe estava presa. Mas os policiais devem achar que ele e Vidar são apenas dois garotos no lugar errado e na hora errada, perambulando pelo centro da cidade, e não dois fugitivos procurados.

– Obrigado – agradece Vidar aos policiais.

Ele pega Amir pelo braço e sai dali. Ficam parados do lado de fora da estação central, só observando. Os policiais descem a escada rolante e desaparecem de vista.

A grande coluna de vidro está iluminada na Praça Sergel e é muito bonita. Não é nem um pouco parecida com aquelas colunas de cimento que Amir se lembra de ter visto. Ele nunca passou ali à noite, por isso é a primeira vez que a vê iluminada assim. A luz faz com que o vidro brilhe e mude de cor, do mesmo modo que acontece com o gelo na Igreja de Gelo. Vidro e gelo se assemelham, quando iluminados de dentro para fora.

Amir ouve uma voz vibrante de mulher, cantando um pouco alto demais, acompanhada pelos acordes de um órgão. Quando ele se volta para ver de onde vem o som, dá de cara com uma mulher de cabelos grisalhos, vestindo um sobretudo azul e tocando órgão no meio da praça. Agora ele escuta o que a mulher está cantando:

– São sete horas, a cama está arrumada. A pequena foi dormir. A mãe fez uma prece, muito concentrada. "Que o anjo da guarda proteja a minha filha de todo o mal. Proteja bem a minha menina. Ela se chama Nina."

Uma canção sobre anjos da guarda, mas não sobre meios-anjos. Se ele tivesse a sorte de ter um anjo da guarda adulto, protegendo-o sempre... Mas tinha que aprender a se cuidar sozinho, da melhor maneira possível.

– Vamos voltar para lá? – Amir pergunta a Vidar.

Vidar faz que sim com a cabeça.

Amir está começando a se acostumar com o novo visual de Vidar, mas quando vê seu próprio reflexo nas portas de vidro da estação, estremece um pouco. Seu cabelo está pintado de amarelo-claro e ele tem as roupas cheias de tachinhas, o que não é nem um pouco o estilo dele. Quando abre a porta, avista Lo, com seus novos cabelos listrados e muita maquiagem. Ela está segurando um telefone contra o ouvido e esperando que alguém atenda, ao mesmo tempo em que mexe nos alfinetes de segurança que enfeitam seu blusão.

Lo poderia ter esse estilo mesmo, pois é dessas pessoas que acabam experimentando estilos e modas diferentes na vida, bastando ela querer ou achar divertido.

Amir nunca faria isso, se não tivesse sido obrigado a se disfarçar, se tudo aquilo não houvesse acontecido. Ele só queria levar a sua vida de sempre, sem nem mudar o corte de cabelo. Queria também poder usar sempre o mesmo tipo de roupa, se bem que talvez tivesse que vestir terno e gravata no trabalho, quando ficasse adulto. Agora, ele não faz a menor ideia de como será o seu futuro. Qualquer coisa pode acontecer.

Lo observa a praça com seu chão de pedras pretas e brancas. Tem mais gente que se parece com eles no local. Sempre que ela passava por ali, havia uma turma de punks e hoje não é diferente. Eles estão parados perto das escadarias. Aos poucos, vão chegando mais e se juntando à turma. Um após o outro, vindo do metrô. Alguns deles olham para ela com atenção quando passam, para ver se é alguma amiga. A maioria das pessoas desvia o olhar quando Lo as encara. Cassandra atende no momento em que Lo já está prestes a desligar.

– Estão de olho no seu apartamento – diz Lo. – Tem um homem na pizzaria, vigiando a entrada do seu prédio. Não podemos ir até você.

– Ah, não! – responde Cassandra, ficando quieta por alguns segundos. – Eu posso sair pelos fundos, pelo porão, e assim encontrar com vocês do outro lado do bairro. Onde exatamente vamos marcar?

– Na Praça Sergel. Estamos esperando na entrada para o metrô.

O telefone começa a apitar, pedindo mais dinheiro, mas Lo acaba desligando. As duas já falaram o suficiente.

Lo vê Cassandra de longe. A mulher está usando o seu sobretudo azul-turquesa, bordado de rosa, destacando-se das outras pessoas. Os longos e loiros cabelos de Cassandra estão enfeitados por pérolas nas cores do arco-íris. Ela passa por Lo, sem reconhecê-la. Lo observa que Cassandra não está sendo seguida, mas, mesmo assim, quer aguardar um pouco para ter certeza.

Cassandra fica parada ao lado de um pilar, tentando encontrá-los. Há muitas outras pessoas esperando por ali, tanto jovens como adultos. Um homem muito bem-vestido, de terno azul, parece ficar interessado em Cassandra. Ele olha para ela sem parar. Deve achá-la bonita.

Lo continua observando-a a distância, tentando não olhar diretamente para ela, pois quer ver se Cassandra a reconhece. O disfarce parece funcionar muito bem, porque não é reconhecida. Se alguém que a conheceu a vida toda não a identifica agora, é porque está muito bem disfarçada.

Ela começa a ir em direção a Cassandra, mas ouve um grasnido vindo de cima. Lo para na mesma hora. Isso deve ter sido um aviso.

13

Lo olha rapidamente para os dois amigos e conclui que eles também ouviram a águia. Ela faz um sinal para eles saírem dali. O grupo de punks está subindo as escadarias. Lo, Amir e Vidar se misturam ao grupo de jovens. Ninguém parece perceber a presença dos três e vão todos andando pela Rua Drottninggatan em direção à Gamla Stan. Lo não sabe o que pensar. A águia avisou-os sobre a presença do inimigo, mas quem seria ele agora? Só podia ser o homem que olhava para Cassandra, se bem que ele já se encontrava lá antes de ela chegar, portanto não pode tê-la seguido. Como ele saberia que ela estava para chegar?

O telefone de Cassandra só podia estar grampeado! É claro que eles grampearam o telefone e estão escutando todas as ligações que a mulher dá e recebe. Como que não pensou nisso antes? Que burra ela foi! Mas Lo não era nenhum detetive ou especialista no assunto para saber exatamente o que devia fazer, dependendo da situação. No entanto, por que está se sentindo assim, tão imbecil? Quando Vidar não entendia alguma coisa, ela o achava um idiota e agora foi sua vez de fazer esse papel. Lo deve dar um desconto para o garoto, pois, afinal, ele não faz tudo tão errado assim...

– Você é a irmã mais nova de Lola? – um dos garotos pergunta.

Lo demora um pouco para perceber que é com ela que ele está falando, e então responde:

– Não. Sou irmã de Lina, da Flyktsoda. Você conhece a banda?

– É claro que conheço! Diga a Lina que ela é maravilhosa!

– Eu vou dizer.

– Ela devia ser a única cantora deles.

– O Jocke também é bom – responde Lo.

– Todas as garotas são loucas por ele – diz o rapaz, rindo muito. – Não entendo que façam fila para ganhar um beijo na mão.

– Na palma da mão – corrige Lo, lembrando-se de quando se despediram.

– Ele é irresistível! – comenta uma das garotas, puxando o garoto para si.

– Sou mesmo – ele diz.

– O Jocke, quero dizer! Eu faria qualquer coisa para ficar com ele! Todas querem ficar com ele – fala a garota.

– Nós vamos por ali – anuncia Lo, parando.

– Nós estamos indo para o Ritz – responde o garoto. – Você pode passar lá depois e levar a sua irmã.

– Quem sabe? – diz Lo.

Eles não têm mais necessidade de ficar escondidos entre os punks, pois já estão bem longe da Praça Sergel. Agora podem decidir o que irão fazer e conversar sem ser ouvidos pelos outros. Precisam pensar muito bem e estar preparados para tudo o que possa acontecer.

Amir olha para os amigos e pensa: "O que vamos fazer agora que já não podemos mais ficar na casa de Cassandra? Queria tanto encontrá-la! Há algo nela que me dá esperanças, estar perto dela faz com que eu me sinta muito tranquilo. No momento, estamos na rua de noite, e sem saber para onde ir".

– Não podemos ligar para alguém que tenha o telefone grampeado nem nos encontrar com quem esteja sendo vigiado – diz Vidar. – Só podemos pedir ajuda para um desconhecido.

– Bem pensado, Vidar! – diz Lo.

– Obrigado – responde ele sorrindo, mas sem saber o que fazer, assim como Amir. Vidar falou algo muito certo.

– Vamos ligar para Lina – sugere Lo.

– Mas nós a conhecemos – diz Amir.

– Não, exatamente. Ninguém sabe que tivemos contato com ela.

O primeiro orelhão que encontram está quebrado. O próximo, todo sujo de ketchup, mas parece funcionar.

– Você vai ligar – diz Lo para Amir.

Amir pega o papel com o número de Lina. Ele hesita um pouco ao ver o aparelho imundo, já sabe que não é sangue, pois sentiu o cheiro de ketchup assim que se aproximaram do telefone. Amir se lembra do homem de olhos azuis, de quando secou o sangue da mão de sua mãe e guardou o lenço de papel no bolso. Ele achou tudo muito estranho, mas só depois que Lo e Vidar contaram que suas mães também se arranharam é que ele entendeu que devia haver alguma coisa com o sangue das três. Lo disse que não precisavam se preocupar com isso e que iriam perguntar para Cassandra sobre o assunto, assim que a encontrassem, mas agora não existia mais essa possibilidade.

– Pegue aqui – diz Vidar, entregando a Amir um pedaço de papel higiênico.

Amir agradece e pega o telefone com o papel. Então, tem que colocar os seus dedos sobre as teclas frias e grudentas para discar o número de Lina. Ele faz a ligação e vê que seu dedo está sujo de ketchup. O telefone toca, Lina não atende e a ligação cai na caixa de mensagens: "Alô, você ligou para Lina. No momento não posso atender, mas deixe seu nome e telefone, que eu entro em contato assim que puder". Soa um sinal, Amir não sabe o que vai dizer e acaba desligando.

– Caiu na caixa de mensagens – ele explica.

Eles vão tentar ligar novamente amanhã. Agora precisam encontrar um lugar onde possam dormir e descansar.

– Vamos entrar num prédio e dormir no corredor – declara Lo.

Amir não gosta muito da ideia, mas ainda era melhor do que ficar vagando pelas ruas da cidade a noite toda.

Lo se senta encostada à parede do lugar apertado que encontraram para se esconder, no sótão de um prédio. Demorou bastante até que eles descobrissem um local para passar a noite. Lo tinha andado muito e tentado abrir as portas dos edifícios, mas todas estavam trancadas. Amir e Vidar ficaram um pouco afastados, para que ninguém suspeitasse deles. Até que desistiram de tentar abrir as portas e decidiram ficar observando se alguém saía de um dos prédios. Mais tarde, Amir conseguiu segurar a tempo uma porta, antes que essa se fechasse atrás de um homem com seu cachorro. Amir tinha colocado um pedacinho de madeira, para que a porta não se fechasse totalmente e para que seus amigos pudessem entrar, um por um. Vidar entrou primeiro, seguido de Lo, que retirou o pedacinho de madeira que segurava a porta. Pegaram o elevador até o último andar. Depois, havia uma escada para o sótão e a lavanderia. Subiram os 20 degraus até lá.

Lo segura a pistola fria com uma das mãos. Com a outra, pega as três balas que estão no bolso de seu casaco. Jocke as devolvera quando se despediram. Ela realmente não quer ter que atirar em ninguém, mas é bom possuir a arma, para se proteger. A pistola sem as balas não serve para nada, mas agora ela vai dar um jeito nisso. Eles estão sozinhos neste momento, num lugar apertado e frio, entre duas portas, sendo uma da lavanderia e a outra que levava ao depósito no sótão. Eles cobriram o chão, para poder se deitarem, com jornais que acharam na rua.

Ela deixa as balas no chão para que possa destravar a pistola. Parecia tudo muito fácil quando Jocke retirara as balas, mas agora ela nem consegue abrir a arma.

– Eu sei fazer isso – diz Vidar, estendendo a mão.

Lo não tem a menor vontade de entregar a arma ao garoto, pois quer aprender a fazer sozinha.

– Quando se sabe como se faz, parece muito fácil, mas na verdade é mais complicado do que parece – ele insiste.

Lo acaba entregando a pistola a Vidar. Jocke parecia saber o que estava fazendo. Onde será que ele aprendeu isso?

Ela ouve um clique e, em poucos segundos, Vidar recoloca as balas no lugar, guarda a arma no seu próprio bolso e Lo não diz nada, acha que é melhor assim, pois ela não vai precisar se preocupar em usar a arma ou não. Além disso, o garoto sabe atirar bem e sempre acerta no alvo. Alguma coisa correta ele consegue fazer!

– Vamos nos revezar para ficar de guarda – diz Lo. – Vidar pode começar.

Os outros dois concordam com ela. Lo e Amir se acomodam juntos, puxando o cobertor sobre eles. Vidar arrumou sua mochila com coisas realmente úteis, pois ele é uma pessoa muito prática, que pensa no que pode precisar. Além do cobertor, ele trouxe mudas de roupas, fósforos, corda, linha e agulha, papel e caneta, abridor de latas e comida. O pão está duro e as comidas enlatadas não são nada saborosas quando frias, mas pelo menos eles não passarão fome. "Se ele tivesse se lembrado de trazer as minhas chaves mestras, talvez o perdoasse pela traição. Seria muito bom ter alguma daquelas chaves agora. Eu tentarei arranjar outras, mas primeiro vou dormir até que chegue a minha vez de ficar de guarda", pensa Lo.

Vidar estremece. Ele caiu no sono, naquela escuridão. A luz está acesa agora e já são cinco horas da manhã, portanto ele dormiu uma hora. Ah, não! Lo ficaria decepcionada com ele se soubesse, justo agora que ganhara a sua confiança. Ela e Amir estão dormindo com o cobertor sobre os rostos e ele deixa que descansem mais um pouco, apesar de já estar na hora de mudarem de posto. Parece que tem alguém subindo de elevador, que faz um ruído atordoante. O elevador para, a grade de ferro é puxada para o lado e a porta de um apartamento se abre no andar abaixo de onde eles se encontram. A porta se fecha e tudo volta ao silêncio novamente. De repente, Vidar escuta uma respiração rápida e ofegante.

A luz se apaga e Vidar fica muito assustado. Seus olhos vão se acostumando com a escuridão e ele consegue ver algumas sombras. Uma luz fraca vem da janela do andar de baixo e alguém está subindo, ao encontro deles. O vulto se move com muito cuidado e não faz nenhum ruído. Tira os sapatos e os segura.

Vidar coloca a mão no bolso interno do casaco, sentindo o frio do metal. Levanta-se cuidadosamente, com as costas viradas contra a parede, respirando fundo e com calma, para acalmar as suas batidas cardíacas. Ele fica preparado.

De repente, fica tudo claro. Alguém deve ter entrado no edifício e acendido a luz. A mulher toma um susto e leva a mão à boca. Olha apavorada para Vidar e provavelmente está com tanto medo quanto ele. Os dois permanecem quietos, olhando um para o outro. A pessoa que acendeu a luz pega o elevador para subir, e quando escutam que já entrou em um apartamento, a mulher dá um sorriso para Vidar.

– Você é apenas um menino – diz ela baixinho.

– Quem é você? – ele pergunta.

– Não sou ninguém – ela responde. – Se eu não vi você, você também não me viu. Estamos combinados?

Vidar faz que sim com a cabeça e fica se perguntando por que uma mulher assim, tão bem-vestida, precisa se comportar como uma ladra. Ele não diz nada, apenas deixa que ela vá até a porta do sótão. A mulher usa uma chave mestra para abri-la, assim como Lo. Ele não se controla e pergunta:

– Você não tem uma chave mestra sobrando, por acaso?

– Infelizmente, não. Durma bem – diz ela, fechando a porta do sótão atrás de si.

Uma pena, pois se conseguisse uma chave mestra, Lo mudaria de opinião quanto a ele, talvez até passasse a admirá-lo. Ele sorri para si mesmo, quando se dá conta de que estava sendo engraçado.

– De onde ela veio? – Lo pergunta cochichando e se sentando imediatamente.

– Não sei – ele responde. – Mas ela prometeu guardar segredo sobre a nossa presença aqui, então você pode dormir de novo.

– De jeito nenhum! Está na hora de se mandar! – exclama Lo, com muita certeza.

As luzes se apagam e Vidar tem tempo de ver que Lo está sem maquiagem e com a mesma aparência de antes, de quando se conheceram. Daquela ocasião em que a viu pela primeira vez no lar adotivo, sentada à mesa da cozinha. Ele sente uma felicidade que não consegue explicar, pois afinal ela é a mesma, independentemente de estar maquiada ou não. Mas agora seria melhor se ela se maquiasse de novo, para não ser reconhecida. Ele e Amir devem fazer o mesmo. Vidar aperta o interruptor de luz.

– Está bem, acho que devíamos nos maquiar primeiro. Se você achar também que é necessário...

Amir observa a sua imagem no espelho que Lina colocou na bolsinha junto com a maquiagem. Não há mais nem sinal da pintura negra em volta de seus olhos e seus cabelos só estão escuros de um lado da cabeça. Precisa mesmo dar uma melhorada em tudo aquilo.

– Segure o espelho para mim – diz Lo.

– Sim – responde Amir, virando o espelho para ela.

Vidar está sentado olhando para Lo.

– O que você está esperando? – ela pergunta.

– Pela sua ajuda – Vidar fala.

– Por quê?

– Porque você entende dessas coisas.

– Não sei mais do que você, nunca tinha me maquiado antes. Tome aqui!

Lo entrega a ele o kajal negro. Ele pega e tenta se olhar no espelho que Amir está segurando.

Enquanto eles estão se maquiando, Amir pensa em Cassandra. Apesar de não conhecê-la muito bem, ele sente que pode confiar nela, seu instinto lhe diz que é uma boa pessoa. Ainda que ela não consiga falar com anjos, parece ter muito conhecimento sobre a vida, sabe de coisas que ele nem tem ideia. Espera que possam reencontrá-la em breve, pois ele tem muitas perguntas a fazer.

– Você quer ajuda? – Lo pergunta.

– Sim, por favor – Amir responde.

Lo não é tão boa e experiente com maquiagem como Lina, mas conseguiu fazer um bom trabalho mesmo assim. Agora parece bem mais velha do que é. Ela borrifa o cabelo de Amir com o spray e ele fecha bem os olhos e a boca.

– O que vocês pensam que estão fazendo aqui?

Amir fica tão nervoso que abre os olhos. No meio da escada tem um homem vestindo um abrigo de moletom e segurando uma sacola da Ikea. Ele parece furioso, seu rosto está vermelho e uma veia pulsa com força em sua têmpora. O homem fareja o ar e vai ao encontro deles.

– Vocês estão cheirando o spray de cabelo? – ele grita e arranca o spray das mãos de Lo e se põe a mexer nas coisas deles, procurando algo. – O que mais vocês têm aqui? Outras drogas?

Ele volta até a escada e começa a gritar:

– Ei! Alguém pode chamar a polícia? Tem uns drogados aqui!

Lo joga todas as coisas de volta na mochila e a entrega a Vidar.

– Vamos embora! – diz ela baixinho e se apressando para descer as escadas.

O homem a segura pelo braço.

– Vocês não vão a lugar nenhum! – ele diz, empurrando os três para o canto.

Em seguida, ele para em frente à escada, impedindo a passagem deles.

– Foi sorte mesmo, eu vir lavar roupa tão cedo. O meu prédio não vai virar um ninho de drogados. Ei! Alguém pode chamar a polícia?

14

Amir escuta a porta do sótão se abrir e de lá sai aquela senhora bem-vestida que Vidar encontrou antes.

– Desculpem-me pela demora – diz ela, sorrindo.

Em seguida, vira-se para o homem e fala:

– Mas quem é você?

O homem fica olhando para ela e não responde.

– Com licença, eu e os meus sobrinhos podemos passar? – ela dá um sorriso, pegando Amir pela mão.

– Peço desculpas – diz o homem. – Eu achei que eles fossem uns drogados...

– Os meus sobrinhos? Imagine! Só porque eles gostam de se maquiar e usam penteados diferentes? Quanto preconceito! Eles só estavam esperando eu deixar algumas coisas aqui no depósito do sótão. Com licença, por favor!

A mulher vai saindo dali com eles, enquanto o homem sorri, meio sem graça. A raiva dele até desapareceu e agora ele parece um garoto de escola, muito envergonhado por ter feito algo proibido. Aquela senhora sabia muito bem o que estava fazendo.

– Por que você nos ajudou? – Lo quer saber, assim que saem do prédio.

– Vamos dizer que nenhum de nós quer a visita da polícia por aqui.

– Verdade. Eu preciso de uma chave mestra. Você teria...

– Aqui está, para você – diz a senhora, colocando um par de chaves mestras na mão de Lo.

– Muito obrigada! – Lo agradece enquanto a senhora já está indo embora, desaparecendo entre os prédios.

Existe um jardim entre os edifícios e eles seguem até lá. As árvores sacodem ao vento. Há uma pazinha deixada na caixa de areia e alguém esqueceu uma luva rosa sobre um banco, mas nem sinal da senhora que os ajudou.

– Queria saber o que ela faz – diz Vidar.

– Deve ser algo ilegal – responde Lo.

– Isso é óbvio, mas o quê?

– Por que é óbvio? – pergunta Amir. – Ela pode ser tão inocente quanto as nossas mães.

– Ela abriu a porta do sótão com uma chave mestra – diz Vidar. – Isso não me parece nada inocente.

– Ah, é? – pergunta Lo.

– É, quero dizer, não é qualquer um que carrega chaves mestras consigo assim.

– Não? – diz Lo, com um jeito debochado.

– Não com tantas chaves mestras, queria dizer...

Vidar está com o rosto muito vermelho e as palavras saem com dificuldade de sua boca. Amir até sente pena do garoto, pois Lo consegue fazer o outro ficar sem graça com a maior facilidade, e ela não deixa passar nem uma oportunidade de se divertir à custa dele.

– São muito úteis essas chaves, viu? – diz ela, sacudindo as chaves na frente de Vidar. – Ainda mais para pessoas desonestas como eu.

Vidar desiste da discussão. A garota sempre ganhava dele.

Amir se lembra do sonho que teve durante a noite, parecia ser algo importante. Ele sabe que Lo não acredita em nada místico, mas sente que precisa lhe contar.

– Eu sonhei com o texugo esta noite.

– Que bom! – Lo responde e Amir percebe que ela vai deixá-lo contar todo o sonho.

– Ele me mostrou as imagens de um cômodo. Primeiro, eram difíceis de definir, só sombras em marrom, dourado e verde, mas tomaram forma e eu vi várias fileiras de livros. Uma grade dourada de passarela também, um pilar de mármore e um lustre verde. Reconheci o lugar. Era a Biblioteca Nacional, onde o meu pai trabalhava antes de desaparecer.

Amir respira fundo e pensa que deve ser muito convincente, antes de continuar.

– Eu tenho quase certeza de que o texugo quer nos levar até lá. Deve ter algo muito importante para descobrirmos na biblioteca.

– Concordo com você – diz Lo. – Nem precisa tentar me convencer. Quando se trata dos nossos animais, sei que eles só querem nos ajudar. Se o lince não tivesse me mostrado a Igreja de Gelo, nós nunca teríamos ido até lá. Se não fosse pela ajuda do texugo, nós nunca conseguiríamos escapar do Paz Celestial, e não foi diferente com a águia, pois ela nos avisou do perigo. É claro que iremos à Biblioteca Nacional, mas devemos nos separar, para a nossa segurança.

Amir concorda com ela. Antes de se separarem, telefonam mais uma vez para Lina, mas ela não atende. Mais tarde tentarão de novo, um dia ela acabará atendendo. Amir e Vidar vão para a biblioteca e Lo pretende escrever uma carta para Cassandra, pedindo que ela se encontre com eles em um lugar determinado, assim que ler a mensagem. Se não conseguirem entrar em contato com Lina, eles têm Cassandra.

Vidar está muito admirado com a aparência da biblioteca, que mais se parece com um palácio. A sede da Biblioteca Nacional é mesmo uma construção imponente. Ele abre a porta e entra. O *hall* é imenso. Mais adiante, há uma passagem bloqueada por uma catraca, assim como existe no metrô. Ao lado da catraca, ele vê uma escrivaninha marrom com uma pessoa sentada lá. Um guarda! Vidar para de repente, mas Amir continua a andar, dobrando à direita. Vidar vai apressado atrás do amigo.

– Tem guardas aqui – Vidar diz baixinho. – Não podemos entrar.

– Sempre tem guardas aqui – Amir responde. – Vamos só deixar os casacos lá.

Eles acomodam os casacos e seus outros pertences dentro de um armário e trancam. O guarda os examina com atenção, mas acaba deixando-os entrarem.

– Tem tanto livro aqui que nem se alguém lesse todos os dias de sua vida, conseguiria dar conta de tudo – declara Amir, entrando na silenciosa sala de leitura. Ela é imensa, tem o pé-direito muito alto e 14 pilares de mármore divididos em duas fileiras. Eles são decorados com ornamentos dourados e ficam ao lado das vigas de madeira pintadas. As paredes estão cobertas de livros, do chão ao teto. Foi necessário ter passarelas nos dois andares para que se pudesse alcançar todos os livros. Junto às mesas compridas, muitas pessoas estão lendo ou fazendo anotações. Apesar de o local encontrar-se praticamente lotado, não se ouve nenhum ruído. Se Vidar fosse anjo agora, ele estaria escutando um burburinho de vozes, os pensamentos de todos.

– Aqui – diz Amir muito baixinho, fazendo sinal para que o outro o acompanhe.

Há uma placa sobre a porta fechada, onde está escrito: "Sala de pesquisas". Eles abrem a porta e entram. O pé-direito lá também é alto, mas a sala é bem menor que a outra. Os dois sobem por uma escada em espiral e Vidar admira o local, vendo que não há tanta gente como na sala anterior. As pessoas têm muito espaço ali e espalharam os seus pertences, ocupando vários lugares à mesa, com suas pilhas de livros antigos.

Vidar nunca gostou muito de ler. Nenhum livro fez com que ele se sentisse absorvido, sem conseguir largá-lo até o fim, como acontece com muitas pessoas. Amir deve ser desse tipo, mas não Lo. A garota é bem esperta, mas não faz o tipo intelectual como Amir, que parece ter aprendido tudo o que sabe com os livros. E ele, como é? Um caipira que sabe tudo do campo e da natureza? Espera que, um dia desses, eles se percam na floresta, para poder mostrar os seus conhecimentos sobre a natureza.

Amir costumava vir aqui com o pai, quando ainda era pequeno. Ficava olhando enquanto o pai se sentava à mesa, lia e fazia anotações a partir daqueles livros antigos, que não podiam sair da biblioteca. Seu pai os levava até a sala de pesquisa no andar de cima, mas lá Amir não podia entrar, pois os colegas do pai não queriam a presença de crianças no local, pois essas costumavam fazer barulho ou jogar coisas no chão. Não que Amir fosse se comportar dessa maneira, no entanto, para os colegas do pai, todas as crianças eram iguais e não possuíam personalidade própria. Ele nunca tinha quebrado nada nem feito barulho. Aprendera a ler aos quatro anos de idade e o que mais gostava de fazer era se sentar numa poltrona com um livro. Ninguém o havia ensinado a ler, aconteceu tudo de repente, as letras foram formando palavras, que foram construindo frases e elaborando histórias. Até hoje, ele se lembra da sensação de aprender a ler e decifrar o que estava escrito, de poder penetrar num outro mundo. Ler é a sua paixão.

Há uma pilha de livros em cima da mesa onde sempre se sentava com o pai, mas não tem ninguém ali agora. Ele não consegue se controlar e abre um dos volumes, porém não entende o que está escrito, pois é um outro idioma. Procura bem e acaba encontrando um livro sobre mitologia na sua própria língua e fica lendo em silêncio: "Apenas os deuses vivem para sempre. Não importa o que a raça humana faça, uma vez que tem os seus dias contados de qualquer maneira". Vidar está atrás dele, olhando para o livro, mas talvez lendo outra parte.

– Com licença – diz uma voz.

Amir se vira e vê uma senhora de idade, com cabelos grisalhos penteados para trás. Ela deve ter vindo em silêncio até eles, pois não a ouviu se aproximar. A senhora está usando pantufas marrons com lacinhos e uma roupa muito esquisita, um traje salpicado de marrom também. As suas roupas, juntamente com os óculos em formato de olhos de gato, dão-lhe uma aparência um tanto especial, excêntrica. Seu pai usava bastante essa palavra, para falar de pessoas mais velhas que eram *experts* dentro de uma área específica, que já tinham se aposentado mas ainda frequentavam a biblioteca, desde cedo até a hora de fechar. Os outros pesquisadores não lhes davam importância, todavia seu pai era diferente, pois achava que aquelas pessoas experientes e de idade avançada ainda tinham muito com o que contribuir. "Nunca se deve julgar uma pessoa sem conhecê-la", dizia o pai. Não sabemos nada dos outros, mas podemos parar por um momento para ouvi-las e, quem sabe, aprendermos coisas novas.

– Não perca o seu precioso tempo com esse livro – diz a senhora. – Eles não fazem a menor ideia do que estão escrevendo.

Amir não sabe de onde vem a sua resposta:

– Temos um trabalho para a escola e não queremos que saia errado. A senhora pode nos ajudar?

– Qual o tema do trabalho?

– Mitologia, e sobre a palavra *amargi*. Já sabemos que *amargi* significa liberdade.

– Muito interessante.

Alguém, lá do outro lado da mesa, manda que façam silêncio.

– Venham comigo – diz baixinho a mulher. – Podemos conversar melhor lá no restaurante.

A senhora lhes conta que se chama Laurentia e faz pesquisa por conta própria. Seu interesse principal é a escrita cuneiforme dos sumérios, que escreviam histórias em tabuletas de argila, narrando sobre os mistérios da vida. Ela sempre fora muito interessada no assunto, mas só depois de se aposentar é que passou a ter tempo para pesquisar.

– Estou a ponto de encontrar a solução para o enigma – diz ela, piscando para os garotos.

– Que enigma? – Amir pergunta.

– Tudo será mantido em segredo até chegar a hora certa. Vocês sabiam que *amargi* é a primeira palavra que conhecemos para liberdade?

Amir sacode a cabeça, fazendo que não. Laurentia pega uma garrafa térmica de sua bolsa e uma caixinha de cobre, toda decorada, que mais se parece com um pequeno baú de tesouro. Amir fica pensando o que será de precioso que ela guardou ali dentro. Ela tira a tampa e no interior há uma pilha de sanduíches de pão de forma, acomodados sobre guardanapos de papel. Nunca lhe passaria pela cabeça usar uma caixinha tão bonita para guardar o lanche. Laurentia entrega um sanduíche para cada um.

– Peça para lhe emprestarem duas xícaras, porque eu só tenho uma – diz ela a Amir.

O restaurante está vazio quando eles chegam, então se sentam a uma mesa próxima à entrada, para não atrapalhar ninguém. Mas será que é permitido comer o lanche que se trouxe de casa ali?

– Eles já me conhecem, não há problema – explica Laurentia.

A senhora do caixa já conhece mesmo Laurentia e dá um sorriso quando Amir lhe pede duas xícaras emprestadas. Ao voltar com elas, Laurentia abre a garrafa térmica, que exala o cheiro de chocolate quente, e os serve. Está mesmo uma delícia.

– Onde estávamos? – ela pergunta, quase fechando os olhos, antes de se lembrar e continuar. – Isso! A primeira palavra que conhecemos para liberdade é *amargi*. Vem dos sumérios e significava, originalmente, voltar para a mãe.

– Assim como nós – Amir deixa escapar.

– Perdão? – Laurentia pergunta.

– Como todas as pessoas, que querem estar com seu pai e sua mãe.

– Eu também tinha esse sonho, mas ninguém sabia de onde eu vinha. A diretora me encontrou numa cesta do lado de fora do orfanato.

– Ninguém viu quem a deixou lá? – Amir pergunta.

– Não, mas havia uma pista na cesta. Um pedacinho de argila riscado. Eles me entregaram isso quando estava deixando o orfanato para trás, aos 14 anos de idade, a fim de trabalhar como empregada ali perto. Levou muito tempo para que eu entendesse que aqueles riscos eram escrita cuneiforme.

– Escrita cuneiforme! – exclama Amir. – O que estava escrito lá?

– Não é algo tão simples como o nosso alfabeto. Na escrita cuneiforme, muitos sinais têm o mesmo significado. Dependendo da ordem onde se encontram, ganham outros sentidos. É como solucionar um verdadeiro mistério quando se lê. A minha interpretação é: "Quando o universo foi criado, as tabuletas de argila foram geradas também. Aqueles que tiverem as imagens do destino em suas mãos, possuirão o poder sobre o céu e a terra, podendo controlar o destino. Por isso, essas tábuas não podem cair nas mãos erradas".

Amir se segura no canto da mesa para não desabar e Vidar parece tão assustado quanto ele. Amir pensa no homem de olhos azuis, que tem como missão levar as tábuas do destino para as mãos do mestre. Foi por esse motivo que o texugo os levou até a biblioteca? Para que pudessem encontrar as tábuas do destino antes que caíssem nas mãos erradas?

15

Amir fica satisfeito em ter conseguido se controlar, não deixando que Laurentia percebesse o seu espanto.

– Fatídico! – exclama Laurentia, muito teatral.

Amir fica quieto, tentando se recompor para que possa perguntar tudo com calma. Começa fazendo perguntas sobre os pais de Laurentia, se ela ficou sabendo de algo mais a respeito deles.

– Eles deviam conhecer a escrita cuneiforme – ela começa. – Pelo menos, um deles. Eu pesquisei entre todos os especialistas em assiriologia do país, mas nenhum deles tinha abandonado um filho, foi o que me disseram.

– Você, então, não recebeu nenhuma confirmação? – pergunta Vidar.

– Não, e agora já morreram todos. Fazia tempo que eu nem pensava no assunto. Foram as suas perguntas que me levaram a lembrar de tudo. Eu comecei a aprender sobre a escrita cuneiforme quando não consegui encontrar os meus pais, e a pesquisa acabou virando parte da minha vida. Pode-se dizer que estou seguindo os passos deles.

– É – diz Amir, pensando em seu pai. Os dois costumavam falar em fazer pesquisa juntos, quando Amir ficasse mais velho, mas agora ele não sabe se algum dia ainda irá encontrar seu pai.

– Podemos dizer também que é o meu destino – comenta Laurentia, fazendo um carinho no rosto de Amir.

O sol entra através da janela do restaurante, fazendo os olhos dela brilharem muito e, bem lá no fundo, é possível perceber uma certa satisfação.

– Onde estão as tábuas do destino? – Amir pergunta.

– Ninguém sabe – responde Laurentia.

– A senhora acha que alguém ainda será capaz de encontrá-las?

– Sim, aquele que conseguir desvendar o mistério, mas é algo muito perigoso. Mesmo aqueles que se consideram boas pessoas correm o risco de perder a cabeça por causa do poder que adquirem. Vocês me desculpem por eu falar o tempo todo da minha vida, pois era com o trabalho escolar que vocês precisavam da minha ajuda.

Laurentia começa a contar sobre o povo sumério, que viveu há 5 mil anos e escreveu suas histórias em tábuas de argila, as quais se mantinham em bom estado e que por isso ainda era possível ler sobre eles e sua mitologia. Amir tenta ouvir com concentração, mas não consegue parar de pensar nas tábuas do destino e gostaria muito de saber mais sobre elas. Primeiro, ele vai deixar que Laurentia conte tudo o que sabe para ajudar com o trabalho escolar deles. Ela fala tão rápido, e se desvia do assunto, que é difícil para eles acompanharem e fazerem perguntas.

Amir repara que já é tarde e eles têm que ir ao encontro de Lo, como combinaram, senão acabarão se perdendo uns dos outros e isso seria uma verdadeira catástrofe. Ao mesmo tempo, precisam tirar mais informações de Laurentia.

– Nós temos que ir agora – diz Amir. – Foi tudo muito interessante. Podemos falar com a senhora mais tarde?

– É sempre muito agradável encontrar jovens interessados em aprender como vocês, é muito bom poder contribuir com os meus conhecimentos e fazia tempo que não deparava alguém com essa curiosidade – fala Laurentia. – Eu fico aqui até o horário de fecharem, às 19h. Esperem... Hoje não, eu saio um pouco mais cedo, tenho de ir para casa arrumar a mala, pois viajarei a Norrland. Eu tomei conhecimento de que há um livro muito importante e antigo, em que o escritor fez uma descoberta revolucionária, mas esse volume não tem aqui. Às vezes, é assim, alguns livros simplesmente desaparecem do acervo, no entanto fiquei sabendo de um comerciante que tem uma biblioteca com livros muito interessantes. Ele já morreu, mas deixou a casa de herança para um parente.

– Exatamente onde em Norrland? – Amir pergunta, já temendo pelo pior.

– Perto de Kiruna. Um sítio que se chama Paz Celestial, um nome bem estranho para um lugar lá no norte, pois não combina com a etimologia.

Laurentia continua a falar sobre as origens das palavras, mas Amir já não a escuta mais. Só o que tem na cabeça agora é que aquela senhora vai até a casa de Gunvor e Gillis e ele sente um pânico se apoderar de seu corpo. Começa a tremer e se esforça para disfarçar. Tudo nessa história parece ter uma ligação, o destino quis que conhecessem Laurentia, mas ela não pode ficar sabendo que eles fugiram do Paz Celestial. Amir se sente feliz pelo simples fato de não ter que acompanhá-la até lá.

Lo, Amir e Vidar estão indo ao encontro de Lina, pois finalmente conseguiram entrar em contato com ela. Lo já fora algumas vezes ao Museu de Arte Moderna, que ficava numa das ilhas da cidade, mas não sabia que havia residências por lá. Lina morava numa pequena casinha vermelha com cerca. Era num desses lugares que a avó de Lo sonhou um dia viver, uma casa onde não se ouvisse a gritaria dos vizinhos do apartamento ao lado ou os passos pesados do morador do andar de cima. Um espaço cheio de harmonia e calma. Ela talvez tenha conseguido chegar a um destino assim agora, no paraíso, como esperava; "apesar de que eu falei tanto palavrão nessa vida que não sei se vou parar num lugar assim tão calmo", disse a avó ainda no hospital, dando aquele seu olhar maroto para Lo. A avó manteve seu bom humor até o fim, até fechar os olhos e partir desta vida.

Lo estende o braço e abre o portão. Antes de eles baterem na porta, Lina sai correndo ao encontro dos três e dá um abraço em Amir.

– Muito bom vê-lo – diz ela levantando o garoto no ar e o colocando novamente no chão. – Estou contente que vieram, eu fiquei com a consciência pesada quando os deixamos daquela maneira. Vocês disseram que se virariam, mas...

– A gente se vira, sim – interrompe Lo. – Porém, estamos com problemas.

– Vamos entrar – convida Lina.

Eles entram diretamente na sala, que está repleta de instrumentos musicais. Há uma bateria no centro e um órgão encostado na parede. Entre eles, um suporte com um microfone antigo de aço. A porta do quarto está aberta e se pode ver uma cama desarrumada e um violoncelo sobre ela. Na parede acima da cama, existem duas guitarras penduradas e um pôster da banda Flyktsoda. Apesar de todos os integrantes da banda estarem ali, é Jocke quem mais chama atenção. Ele parece receptivo e misterioso ao mesmo tempo. Com certeza é lá, na casa de Lina, que a banda se encontra para ensaiar, pois não há vizinhos próximos que possam reclamar do barulho.

– Que bonita a sua casa! – diz Amir.

– Eu alugo de outra pessoa, o pai de Hasse é o proprietário da casa. Ele compra e vende imóveis para ganhar dinheiro, então sempre tem algum lugar vazio onde podemos ensaiar ou morar, mas eu nunca o encontrei, porque sempre está muito ocupado e só se preocupa consigo mesmo, é o que Hasse diz.

– Egoísta igual ao filho – comenta Lo sorrindo.

– Sim, mas é graças ao Hasse que eu moro aqui. Ele é bacana quando quer. Vocês estão com fome? – Lina pergunta, abrindo a porta da cozinha.

– Morrendo de fome – responde Lo, mudando de lugar umas partituras musicais e um arco de violoncelo que estavam sobre o banco da cozinha.

No caminho até a casa de Lina, Lo decidiu que ia contar o que acontecera com eles, mas deixaria alguns detalhes de fora da história, como só ela sabia fazer. Pensou em tudo o que responderia se Lina fizesse perguntas. Lo começa a contar, dizendo que a casa de Cassandra está sendo vigiada e que o telefone parece estar grampeado também, mas não diz nada sobre o homem de olhos azuis, pois já contou a Lina todo o necessário.

– Queremos que você telefone para Cassandra e finja ser uma cliente procurando tratamento de cura por meio dos anjos. Se não conseguir hora com ela diretamente, diga que tem medo de morrer – diz Lo.

– Mas será que ela não vai ficar assustada assim? – pergunta Lina. – Parece meio exagerado.

– Às vezes, não temos escolha – responde Lo. – Precisamos muito encontrá-la e, se você pedir dessa forma, Cassandra vai dizer para ir até imediatamente.

– Entendi. E o que eu tenho que dizer quando estiver com ela?

– Já escrevi uma carta para entregar a ela. Você não vai contar nada sobre a gente quando estiver lá, porque podem estar ouvindo tudo no apartamento.

– Está bem – diz Lina, pegando o telefone. – Qual é o número dela?

– Não dá para ligar daqui, eles podem rastrear a ligação. Você vai ter que ir até um telefone público.

– Nossa, você pensou em tudo mesmo! – exclama Lina, largando o aparelho.

Lo espera que tenha pensado em tudo. Antes de se despedirem, ela ainda pede que Lina não volte diretamente para casa, mas que observe bem se não está sendo seguida por ninguém e, se estiver, deve dar um jeito de se livrar dessa pessoa.

– Eu sou boa nesses troços – diz Lina. – Já fiz muita coisa que a polícia desaprova.

– Alguma coisa fora da lei? – pergunta Amir apavorado.

– Nem sempre a lei está certa. Eu ajudo animais inocentes, que foram condenados a passar a vida atrás das grades.

– Desculpe-me – diz Amir. – Não era a minha intenção julgá-la. A minha mãe também é inocente...

– Não temos tempo para conversinhas – fala Lo interrompendo Amir e esperando que Lina não tivesse entendido o que o garoto começara a dizer. Mas já era tarde demais...

– Pois é, estava esperando vocês me contarem – comenta Lina. – Andei dando uma espiada e fiquei sabendo que as mães de vocês foram condenadas por assassinato.

– Elas não mataram ninguém – afirma Amir. – Foram condenadas injustamente. Você tem que acreditar em mim!

– Como eu tinha dito, a lei nem sempre está certa – responde Lina.

– Tem muita coisa que eu achava que era certa, mas não é. Nem sei mais no que acreditar – fala Amir.

– Leva um tempo até se aprender – diz Lina, abraçando Amir. – Eu também passei por essa fase, mas demora um pouco para enxergar o mundo de outra maneira, isso ninguém pode lhe ensinar, pois se aprende sozinho.

– Como você ficou sabendo das nossas mães? – Lo pergunta.

– Por meio de um amigo meu, que é jornalista.

– Você não falou nada sobre a gente? – Lo quer saber.

– Não, pois eu sei quando se deve ficar calado – responde Lina, colocando um gorro sobre a sua cabeça raspada, enfeitada de chifres de diabo de pontas amarelas.

Lo entende por que Lina usa o gorro, pois a garota é muito fácil de ser reconhecida, mas espera que aqueles que estão vigiando Cassandra pensem que ela nada mais é do que uma cliente.

Lo liga a televisão na sala de Lina, antes de se jogar no sofá. Ela quer dar uma olhada e descansar um pouco, antes de a outra ligar com alguma notícia. Lina ficou de telefonar assim que pudesse, para contar como tudo ocorreu. Foi mesmo uma sorte terem conseguido pegar carona com ela lá na Igreja de Gelo. Se não era sorte, era destino.

Vidar ficou escutando os outros por muito tempo. Primeiro, foi Amir, que teve uma conversa adulta com Laurentia, apesar de ele ser dois anos mais novo que Vidar. Depois, vinha Lo, que já tinha pensado em tudo, a garota era realmente esperta. Amir e Lo sempre sabiam o que fazer, de uma maneira bem pensada, mesmo que nem sempre concordassem um com o outro, como naquela história da profecia. Vidar pensa como Lo, que tudo parece uma loucura, mas eles serem anjos também não é nada normal... Contudo, ele não pretende falar sobre o assunto, pois não quer despertar a raiva de Lo. Se tivesse sido ele que falasse das mães, como Amir fez, ela teria brigado muito. Amir livrou-se da bronca e, além disso, foi bom saber que Lina já tinha conhecimento dos casos e acreditava neles. O fato de a garota lutar pelos direitos dos animais já demonstra que ela entende o que outros não conseguem entender. Pessoas e animais podem ser julgados injustamente e serem inocentes. Antes Vidar acreditava que a lei era para proteger os inocentes e só os culpados é que iam presos, mas a coisa não é assim tão simples como parece ser.

Lo e Amir estão juntos no sofá. Ela está deitada atrás dele, abraçando-o, o que parece muito agradável. Vidar se senta numa poltrona e fecha os olhos para descansar um pouco.

– Acorde! – grita Lo, sacudindo Vidar.

Ele abre os olhos ao mesmo tempo em que escuta alguém dizer o seu nome completo na televisão. Estão falando dos três no noticiário e mostrando fotos deles, assim como fizeram naquela primeira vez quando estavam no restaurante da estrada. Mas, desta vez, parece que há mais alguma coisa para mostrar. Aparece a imagem de uma cozinha, com bolo recém-tirado do forno, belas xícaras de porcelana e suco de framboesa numa garrafa sobre a mesa. A toalha é toda bordada de flores vermelhas e rosas, uma dessas toalhas que as mães sempre colocam na mesa quando há alguma festa; mas naquela cozinha não tem nenhuma comemoração agora e não foi nenhuma mãe que arrumou a mesa assim.

Foi a mãe adotiva chamada Gunvor. Ah, não! Ele não precisa mais chamá-la de mãe adotiva agora, mas esse hábito é difícil de mudar. Percebe que quase parou de respirar. Inspira fundo e diz a si mesmo que Gunvor não se encontra ali ao seu lado, ela só está lá na TV, junto com Gillis. Os dois estão sentados perto um do outro e o homem abraça a mulher, algo que Vidar nunca o vira fazer antes, quando ainda morava naquela casa.

Gunvor sorri para Gillis e os dois parecem ser um casal normal, mas estão só fingindo. Gillis corresponde ao sorriso da esposa. O repórter não aparece, mas se ouve a sua voz.

– Então, vocês podem nos dizer como estão se sentindo?

– Estamos muito tristes – responde Gunvor, secando uma lágrima. – Para nós, é como se fossem nossos próprios filhos.

Em seguida, ela olha para a câmera com um olhar muito triste e diz:

– Amados filhos, nós os perdoamos. Voltem para casa, por favor!

– Mas que mentirosa! – Lo grita.

O repórter continua a dizer:

– Ficamos sabendo por meio da polícia que foi uma fuga carregada de violência. Um dos jovens ameaçou os pais adotivos com uma pistola e atirou. Depois, deixou-os algemados ao corrimão da escada, onde poderiam ter morrido de fome, se não tivessem conseguido se libertar.

– Estávamos assustados e exageramos um pouco para ter ajuda da polícia – relata Gunvor. – Vidar é um bom menino, ele não apontou a arma para nós, atirou na parede com precisão. Nós mesmos nos algemamos, para ver se ele se acalmava. Foi um terrível mal-entendido.

– Tudo não passou, então, de um mal-entendido?

– Não podemos colocar toda a culpa nessas pobres crianças. A culpa é dos pais delas, que não as educaram. Então, o que esperar desses garotos?

– Foi você quem não recebeu nenhuma educação – diz Lo muito irritada, jogando uma almofada contra a parede.

Vidar gostaria de mostrar seus sentimentos como Lo faz, mas ele está com muita vergonha. Sente vergonha de todas as pessoas que estão vendo TV e achando que seus pais não lhe deram nenhuma educação. Ele vai se afundando cada vez mais na poltrona e coloca as mãos debaixo do assento. A mão direita encontra duas varas e ele as aperta com muita força.

– Gunvor fez, realmente, de tudo para ajudar essas crianças – diz Gillis. – Se ela puder continuar com sua missão, eles se tornarão ótimos cidadãos. A nossa obrigação é dar uma chance a eles.

– Nós os perdoamos por tudo o que fizeram – afirma Gunvor, olhando diretamente para a câmera e ensaiando um olhar bondoso. – Vocês devem ir até a delegacia de polícia mais próxima, que receberão ajuda. A polícia prometeu que, se vocês se entregarem, poderão vir direto para o Paz Celestial, sem qualquer problema.

– Vocês gostariam de dizer mais alguma coisa? – pergunta o repórter.

– Se alguém viu ou teve contato com as crianças, por favor informe a polícia imediatamente, para o bem desses jovens. É perigoso para eles estarem andando por aí, o mundo é cheio de pessoas más e que podem se aproveitar da situação.

A entrevista é encerrada e, em seguida, vem a previsão do tempo naquele canal de televisão.

– Uma frente de calor inexplicável... – diz a repórter, antes que Lo desligue a TV.

Ela está tão zangada que não consegue parar quieta. Vidar lhe entrega as varas que encontrou debaixo do assento da poltrona. Ele se arrepende no mesmo momento em que vê Lo levantá-las no ar, pois acha que vai destruir toda a casa de Lina, mas não é isso o que ela faz. Lo vai e se senta à bateria, golpeando com toda força que tem. Ele nem reparou que as varas nada mais eram que as baquetas da bateria. Como ele e Lo são diferentes. Ele segurara com força aquelas baquetas e ela as usa para bater e descarregar toda a sua raiva. A garota nao se envergonha de nada. Ela está simplesmente furiosa com Gunvor e Gillis.

– Porcaria de repórteres – diz Lo. – Como acreditaram nas besteiras daqueles dois? Por que não perguntaram de onde você tirou a pistola? Ou por que fugimos de lá, se era assim tão perfeito e idílico como Gunvor e Gillis disseram?

Vidar nem pensou nessas questões, mas ele concorda com Lo, que tudo é muito estranho no caso deles. Não é trabalho dos jornalistas investigarem o que está acontecendo? Deviam fazer todas as perguntas possíveis em busca da verdade. Parecia que esse repórter nem estava interessado em saber de todos os detalhes da história, ou talvez fosse mesmo um péssimo jornalista...

O telefone começa a tocar. Deve ser Lina do outro lado, querendo contar sobre as novidades.

16

Lo, Amir e Vidar estão esperando numa igreja. Quando Lina os avisou que Cassandra havia recebido a carta, os três foram diretamente ao lugar combinado para o encontro. Lina tinha deixado que Cassandra fizesse o *healing* primeiro e só depois havia lhe entregado a carta. Cassandra queria fazer perguntas, mas Lina a impedira, fazendo com que a outra abrisse e lesse a carta de uma vez. Cassandra tinha lido, entendido tudo e concordado com um aceno de cabeça, antes que Lina fosse embora do apartamento.

Os três amigos já estavam aguardando há algum tempo, com a esperança de que Cassandra conseguisse se ver livre daqueles que a vigiavam. Lo estava um pouco arrependida de ter combinado o encontro na igreja. Sua mãe vinha ali, de vez em quando, acender velas, por isso tinha pensado nesse lugar, mas era desagradável ver Jesus pendurado naquela cruz lá na frente, com seus pés e mãos ensanguentados, com a testa machucada pelos espinhos da coroa na cabeça. Como alguém teve uma ideia dessas? Mesmo que se acreditasse em Deus e que Jesus morrera crucificado, não havia a menor necessidade de mostrá-lo dessa maneira; como se morrer tivesse sido a coisa mais importante que ele fizera em sua vida.

Cassandra estava vestindo um outro casaco hoje, mais discreto e que não chamava tanta atenção como aquele anterior dela. Seus longos cabelos loiros mantinham-se escondidos em uma boina azul e ela parecia muito cansada.

– Oi – diz Lo.

Demora um instante até que Cassandra demonstre alguma reação.

– Mas, minha querida – fala ela abraçando Lo –, nem a reconheci, você está muito diferente!

– É esse o objetivo – responde Lo.

– Eu tenho andado tão preocupada! – diz Cassandra, abraçando Lo mais uma vez.

– Está tudo bem – afirma a garota, afastando-se da outra.

– Nada está bem. Vocês têm que se esconder, sair de Estocolmo. Todos procuram por vocês aqui. Onde estão Amir e Vidar?

– Eles foram ao banheiro – responde Lo, vendo que os dois garotos já estão de volta.

Amir fica feliz ao rever Cassandra e corre para ela, que o abraça. Vidar também ganha um abraço forte, mas se sente incomodado, pois não está acostumado a essas demonstrações de afeto.

– Vocês estão no mesmo estilo de Lina. Ganharam dela essas roupas?

– Sim, foi ela que nos produziu assim – diz Lo. – Ela é legal.

– Tenho certeza de que ninguém me seguiu hoje, mas sinto muito que levei a polícia até a Praça Sergel, fazendo com que vocês não pudessem se aproximar e falar comigo.

– Não foi você – explica Lo. – O seu telefone deve estar grampeado, porque já tinha um homem a esperando.

– Ah, não! Eu havia falado com Edel ao telefone, de manhã cedo. Ela conseguiu algumas informações sigilosas sobre o caso, desculpem-me...

– A culpa não é sua – diz Amir. – Você não sabia.

– O meu apartamento também está sendo espionado? Foi por isso que Lina me mandou fazer silêncio quando entregou a carta?

– Não sabemos com certeza – diz Lo. – Mas o melhor é não falar nada de importante quando estiver em casa.

– O que a minha madrinha disse? – pergunta Amir.

– Edel disse que foi o mesmo juiz quem condenou as três mães. Ela vai tentar descobrir mais sobre os casos, mas já me deu o nome do juiz e o endereço dele.

Cassandra tira do bolso um pedacinho de papel e o entrega a Lo.

– Se virarmos anjos de novo, podemos ouvir os pensamentos do juiz – diz Lo e lê o nome escrito no papel. – Ingvar Eberth.

– É melhor mesmo que vocês se transformem em anjos novamente, pois ficam mais seguros. Não poderão ser encontrados pela polícia. Ontem, interrogaram-me e foi muito desagradável. Acho que deve ter sido o mesmo homem que interrogou as mães. Ele tinha olhos azuis, os mais frios que já vi em minha vida.

– O que você disse a ele? – Lo pergunta.

– Nada, fiz-me de tonta. Ele é perigoso, tem alguma coisa estranha com ele. Eu, normalmente, sinto a bondade das pessoas, mas com ele só vi escuridão, como se...

– Como se o quê? – Lo quer saber.

Cassandra sacode a cabeça, como se tivesse se esquecido do que ia dizer, mas Lo acha que a mulher não quer contar o que sentiu, talvez para não assustar Amir, que parece muito pequeno, ainda mais quando fica perto de Cassandra e a encara com seus olhos tão inocentes. Lo sabe muito bem o que Cassandra viu no homem de olhos azuis. Ela enxergou toda a maldade que habita dentro dele.

Amir gostaria de se sentar no colo de Cassandra, mas ficar perto dela já o deixa satisfeito. Ela tem um cheiro bom, meio doce, como se fosse uma mistura de cardamomo com canela.

– Que colar lindo! – exclama Amir, mexendo nas pérolas ao redor do pescoço de Cassandra. – As cores são fortes e reluzem até.

– Não é mesmo? Essas pedras são chamadas de lápis-lazúli e dentro do *healing* se diz que elas auxiliam as pessoas a entrar em contato com os mistérios da vida e com a parte espiritual.

– Talvez elas consigam nos ajudar a desvendar o nosso mistério – diz Amir.

– Vamos juntar todas as informações que temos – fala Cassandra, segurando no colar com a mão esquerda.

– Nós conhecemos uma pesquisadora amadora chamada Laurentia. Ela está em busca de umas tábuas do destino e nós achamos que são as mesmas que o mestre deseja ter em suas mãos, pois quem as possuir comandará o mundo e é isso que o mestre quer.

– Oh, não! – Cassandra fica nervosa, mas se acalma e sorri para Amir. – Desculpe-me, não queria assustá-lo. Stella sempre diz que sou muito exagerada, mas não estou tão preocupada quanto aparento estar.

– Você parece mais preocupada agora – afirma Lo.

– Mas, Lo... – diz Cassandra.

– Ele aguenta o tranco, como dizia a minha avó, pode falar – responde Lo.

Cassandra sorri mais uma vez e diz que Lo se parece muito com a avó. Lo fica bastante feliz com a comparação.

– Onde vocês conheceram Laurentia? – Cassandra pergunta.

– Na Biblioteca Nacional. Eu sonhei com o texugo e ele me mostrou imagens da biblioteca, que logo reconheci porque o meu pai trabalhava lá. Eu acho que o texugo queria que nós conhecêssemos Laurentia e ficássemos sabendo que ela também está em busca das tábuas do destino.

– E Laurentia vai até o Paz Celestial amanhã – acrescenta Lo.

– O que ela tem para fazer lá?

– Ela quer ver um livro importante que existe lá e já esteve em contato com Gillis, que tem uma biblioteca cheia de livros antigos – diz Amir. – Nós vamos encontrá-la de novo e obter mais informações, pois ela acha que precisamos da ajuda dela para um trabalho escolar.

– Mas ela nem desconfia de que são vocês, as crianças que fugiram de lá?

– Eu acho que ela nem sabe que alguma criança tenha fugido de lá – responde Amir. – Ela só se interessa pela escrita cuneiforme e por mitologia.

– Espere – diz Cassandra, tirando o colar.

Ela segura o colar entre as mãos e fecha os olhos. Desta vez, nenhum som sai de sua boca, como acontece quando está meditando. Parece que há alguma coisa vibrando dentro dela, é o que Amir sente quando fica ao seu lado.

– Sim – afirma depois de um instante. – Ela nada sabe sobre certos fugitivos e é uma boa pessoa. Vocês devem pegar carona com ela até o Paz Celestial amanhã.

– Nunca! – exclama Lo. – Você ficou louca?

– Até a Igreja de Gelo, eu queria dizer. Aqui é perigoso demais para vocês e o melhor é que voltem a ser anjos.

– Eu também acho – diz agora Vidar, que ficou calado o tempo todo. – Estamos em todas as manchetes e nos noticiários da TV. A polícia nos procura e o homem de olhos azuis sabe que estamos aqui em Estocolmo.

– Mas nós conseguimos nos esconder até agora – rebate Lo.

– Até agora, sim – fala Cassandra. – Mas não por muito tempo, então devem ir embora com Laurentia, que vai até o Paz Celestial. Isso parece mesmo obra do destino.

– Eu acredito que sim – diz Amir. – Se virarmos anjos, podemos descobrir logo o que Laurentia ficou sabendo. Penso que ela nos ajudará a conseguir as tábuas do destino, antes que o homem de olhos azuis chegue até elas.

– Está bem – Lo concorda. – Vocês podem ter razão, mas ainda não temos certeza se ela vai querer nos levar até lá.

Vidar se recosta no banco da igreja. Não foram apenas as horas mal dormidas que o deixaram cansado, e sim todas as novidades e coisas estranhas que estavam acontecendo. Ele precisa se posicionar, dar a sua opinião, mas nem sempre consegue. Lo é muito rápida em tomar decisões e é ela que elabora um plano para convencer Laurentia a levá-los a Kiruna.

– Então, está combinado – diz Cassandra. – E tomem cuidado!

Vidar corresponde ao abraço de Cassandra quando se despedem. Até que é boa essa proximidade, ele costumava abraçar a mãe assim. Pensa em sua mãe presa e na ferida da mão dela, esqueceu de perguntar para Cassandra sobre o sangue. Precisa fazer isso antes que se separem. Ele conta, então, como o homem de olhos azuis tirou sangue das três mães.

– Ele limpou o sangue com um lenço de papel e guardou. Você sabe o que isso significa? – Vidar pergunta.

– Talvez seja como uma impressão digital, que eles guardam para encontrar a pessoa mais tarde, se ela cometer algum crime – responde Cassandra, dando um sorriso.

– Mas ele fez isso escondido – diz Lo. – Fingiu que tinha as arranhado sem querer, limpou o sangue e escondeu os lenços. A diretora da prisão nem viu o que ele fez.

– Parece uma coisa muito estranha para se fazer, mas deve ter alguma explicação lógica – responde Cassandra.

– Pare de tentar nos proteger, não somos mais crianças pequenas! – exclama Lo. – Isso é sério e eu acredito que você saiba de alguma coisa, mas não quer nos contar.

Vidar concorda com Lo, pois eles precisam de todas as informações necessárias para poder se defenderem.

– Eu não queria que vocês ficassem assustados – Cassandra começa a falar e coloca a mão sobre o braço de Amir. – Não sabemos com certeza para que o homem de olhos azuis quer o sangue, pode ser que...

Cassandra fica em silêncio, pois percebe que alguém está entrando na igreja. É um senhor de idade que vai até o candelabro arredondado de ferro. Ele deposita uma moeda na urna, pega uma vela, acende e coloca no candelabro. Fecha os olhos e pensa em alguém, em alguém que talvez esteja passando por um momento difícil. Quando o homem sai da igreja, Cassandra continua a falar.

– Como eu estava dizendo, não temos certeza, mas algumas doutrinas acreditam que se fica mais forte com o sangue do adversário. Se não houver sangue disponível do adversário, pode-se usar o sangue de um parente próximo seu.

– De um dos pais? – pergunta Lo.

– Sim – responde Cassandra. – Mas talvez não seja esse o motivo.

– Talvez não – diz Lo. – Pode ser que o homem de olhos azuis só queira nos ajudar, assim como Gunvor e Gillis querem, para que nos tornemos cidadãos exemplares, não é mesmo?

– Lo, prometa-me agora que você não vai fazer nada de mal e agirá como combinamos.

– Eu prometo, mas estou furiosa com eles! – responde Lo.

Quando estão saindo da igreja, Vidar se vira e vê Cassandra acender três velas e colocá-las no candelabro. Ele espera que as velas sejam para eles, pois precisam de toda a ajuda possível.

17

Amir sobe a escada em espiral que dá para a sala de pesquisas da Biblioteca Nacional. Laurentia está sentada no mesmo lugar de ontem.

– Que bom! – exclama ela, levantando-se para cumprimentar Amir. – Vamos direto para a cafeteria.

Alguém manda fazer silêncio. Amir e Laurentia dão um sorriso e vão descendo, muito quietos, pela escada. Desta vez, Laurentia compra um sanduíche e um suco para Amir.

– De vez em quando, tenho que comprar alguma coisa deles, de outro modo não vão me deixar ficar aqui com o meu lanche trazido de casa.

– Temos três dias para entregar o trabalho e eu não sei como vamos conseguir sem a sua ajuda – diz Amir, olhando com cara de coitado para Laurentia, pois foi assim que Lo o mandou fazer.

– Só três dias para algo tão importante! E, bem nestes dias, eu vou estar viajando...

– Oh, não! A senhora é a única pessoa capaz de nos ajudar!

– Vocês não podem entregar o trabalho num outro dia?

– Não é possível. Mas e se fôssemos com a senhora para Kiruna? Podíamos ir anotando tudo na viagem.

– Não sei, não me parece...

– O meu tio é zelador da Igreja de Gelo – diz Amir. – Podemos ficar na casa dele.

– Não sei, preciso falar com os seus pais primeiro.

Amir começa a pensar no que vai dizer. Será que deve contar sobre o seu pai? Lo achou que era uma boa ideia, já que os pais de Laurentia também estavam desaparecidos e ela sentiria pena dele. Ele não gosta de mentir, só faria isso por uma boa causa.

– O meu pai está desaparecido e se eu pudesse ir visitar o meu tio... – Amir faz uma pausa antes de continuar – ... seria muito bom, porque eles são muito parecidos...

– Mas, meu querido – diz Laurentia, e Amir fica envergonhado em ver que ela sente pena dele. – Quando o seu pai desapareceu?

– Ele trabalhava aqui antes de desaparecer, por isso que eu achei uma boa ideia vir neste lugar pesquisar para o trabalho da escola.

– Ele era pesquisador? Como ele se chama?

– O nome dele é Rafael Fa...

– Rafael! – Laurentia o interrompe. – Ele é o seu pai? Sinto falta dele. Era o único pesquisador que me escutava, nós tínhamos conversas muito interessantes sobre os sumérios e mitologia, mas me desculpe, agora estou falando de mim mesma de novo. Você deve ter muita saudade dele. Eu andei perguntando por ele aqui, mas ninguém sabia para onde foi. O que aconteceu?

– Eu não sei. Os meus pais se divorciaram e ele saiu de casa. Depois, acabou desaparecendo e ninguém sabe do seu paradeiro.

Amir aquieta-se, fazendo um grande esforço para não chorar. Fica muito triste quando pensa no assunto, mas precisa se concentrar para poder continuar.

– Se a senhora nos ajudar com o trabalho, seremos eternamente gratos.

Ele se sente bem mais velho quando fala assim, mas sabe que as pessoas de mais idade apreciam uma boa educação.

– É claro que vou ajudá-lo, filho de Rafael – diz Laurentia. – Graças a ele é que estou tão avançada na minha pesquisa.

– Ah, muito obrigado! Já vou avisar o meu tio.

Eles combinam, então, de se encontrarem de manhã bem cedo junto ao portão do prédio de Laurentia. Amir sai da biblioteca muito aliviado e satisfeito. Lo vai ficar bastante contente por ele ter cumprido a missão.

Amir está sentado no banco da frente do Ford marrom, que pertence a Laurentia. Ele vai fazendo anotações, enquanto Lo e Vidar dormem no banco de trás do carro. A noite anterior foi muito mais calma. Eles dormiram na casa de Lina, que colocou alguns colchões sobre o chão. Amir ficou acordado a maior parte da noite. Como ele gostaria de estar dormindo, tal qual os outros dois faziam agora! Mas Laurentia estava muito empolgada, falando de sua pesquisa. Ele pode deixar para dormir mais tarde, pois deseja saber o máximo sobre as tábuas do destino, mas não quer que Laurentia suspeite de nada, então acaba não fazendo perguntas. Foi muita bondade dela em aceitar levá-los até a Igreja de Gelo. Além disso, ela preparou comida e a trouxe, para todos os quatro, pois assim ficava mais prático.

Laurentia começa a contar sobre Alice Glas, que é a autora do livro que ela pretende ler amanhã. Alice Glas se interessou muito pela escrita cuneiforme e acompanhou uma expedição arqueológica até Nínive, onde encontraram tábuas de argila muito relevantes. O chefe da expedição faleceu por lá e Alice retornou e escreveu aquele livro, que foi muitas vezes mencionado pelos pesquisadores da época, mas hoje em dia ela caiu no mais completo esquecimento.

– Ninguém deu importância para a descoberta dela – diz Laurentia. – Ela era, assim como eu, muito interessada no assunto, mas também não tinha formação e publicou o livro por conta própria. O que me fez entender a importância desse livro foi algo que encontrei em meu material de pesquisa. Uma das fontes mencionava o que ela tinha escrito, na verdade, com a intenção de ridicularizar Alice Glas. Essa fonte não sabia o que estava fazendo, mas eu percebi que isso poderia me servir como uma pista.

Laurentia olha para Amir de uma maneira que ele entende que está na hora de fazer perguntas.

– Que tipo de pista?

Laurentia ri satisfeita e deixa que o silêncio sirva de suspense para em seguida continuar:

– Estão escondidas pelas quatro estações.

– As quatro estações? O que pode estar por trás disso?

– É no plano simbólico, eu acho. As pesquisas de amanhã irão, provavelmente, ajudar-me a responder esse grande mistério.

– Que grande mistério?

– O mistério de onde as tábuas do destino se encontram – responde Laurentia baixinho.

Amir agradece ao texugo em silêncio, por ele tê-los levado até Laurentia, pois é ela quem irá ajudá-los a encontrar as tábuas do destino. Ele gostaria muito de contar tudo o que sabe, mas é melhor não revelar até que ela se encontre com Gillis, para que não conte nada ao homem. Mas, quando se reencontrarem, ele pretende contar tudo para ela, mesmo que não seja muita coisa. Cassandra viu, com a ajuda de seu colar de pedras azuis, que Laurentia era uma pessoa boa e confiável e ele sentia o mesmo lá no fundo de seu coração.

Laurentia disse que a viagem levaria 14 horas, com duas paradas, ou seja, um total de 16 horas e ela tinha razão. Laurentia foi motorista profissional de caminhão, até se aposentar, e sabia muito bem como calcular o tempo de viagem. Aquela rota entre Estocolmo e Kiruna, ela já fez muitas vezes. Laurentia vai diminuindo a velocidade do carro, assim que se aproximam da Igreja de Gelo. Ela para o carro e deixa o motor ligado.

– Segundo a carta de Gillis, que chegou semana passada, eu poderei passar o dia todo com o livro amanhã, portanto voltarei aqui para buscá-los às seis horas – diz Laurentia olhando no relógio para confirmar. – Dentro de, exatamente, 22 horas.

– Espero que a senhora encontre a resposta no livro – comenta Amir.

– Irei encontrar, com muita certeza – diz ela. – Espero também que o seu tio tenha uma casa de verdade e não feita de gelo.

– Ele tem uma casa grande de alvenaria com aquecimento – responde Amir, muito surpreso com sua facilidade para mentir agora.

Amir desce do carro e alonga o corpo cansado da viagem. Olha para o céu e vê que está estrelado, iluminado pela forte luz da lua. Ele observa à sua volta. O carro no qual Vidar não conseguiu dar partida já não está mais lá, onde foi deixado, mas há um outro no mesmo lugar. Esse outro carro tem luzes azuis em cima e se pode ler "polícia" nele.

18

Lo para de repente e vê que o carro da polícia encontra-se vazio. Os policiais devem estar próximo dali, provavelmente dentro da igreja, pois ela não avista ninguém agora.

– Temos que nos esconder! – diz ela para os outros.

Eles saem correndo em direção à floresta. A neve já havia derretido bastante desde que tinham estado ali, agora é mais fácil de correr sobre aquela camada fina que sobrara. Vidar faz um sinal para Lo e para Amir, de que os dois devem segui-lo. Ele se abaixa e se esconde sob um pinheiro alto. Lo faz o mesmo e sente os espinhos lhe arranharem a nuca. Lá debaixo do pinheiro, é como se fosse uma pequena cabana, pois os ramos da árvore servem de paredes e telhado. O chão no interior está seco e sem neve.

Vidar tira um cobertor da mochila e o estende no chão. Depois, com a faca, ele corta um galho da árvore.

– Eu vou só desmanchar os rastros que deixamos – diz ele baixinho, saindo da cabana para executar o seu trabalho.

Lo e Amir se encostam no tronco do pinheiro e ficam em silêncio, somente esperando. Vidar volta em seguida e se senta ao lado deles. Quanto tempo será que a polícia vai ficar por lá? O que estão fazendo ou procurando na Igreja de Gelo? Lo está ansiosa e não aguenta esperar. Tudo o que deseja agora é ir até a igreja e se transformar em anjo. Estão tão perto, mas, ao mesmo tempo, tão longe.

Amir deita a cabeça no colo de Lo e fecha os olhos. Ela coloca a mão sobre os cabelos escuros dele e faz um carinho. Os cabelos do garoto são muito macios e ela continua o acariciando, até que ele pega no sono. Lo fica de guarda, com todos os seus sentidos alertas. Escuta passos na neve, arrasta-se pelo chão, sem acordar Amir. Vidar também está dormindo e ela o deixa continuar descansando. Precisa dar uma espiada entre as árvores, para ver se enxerga alguma coisa. Ela avista uma policial indo para o carro. A mulher chora muito e suas lágrimas escorrem pelo rosto, depois abre a porta do carro e entra. Lo olha para a igreja e não há ninguém mais saindo de lá. A policial liga o carro e vai embora, desacompanhada.

Os policiais não andam sempre em dupla? Será que ela deixou o outro lá na igreja? Lo não aguenta ficar ali sentada, só esperando, pois já aguardaram demais e ela precisa agir. Sai cuidadosamente da cabana entre os pinheiros, tentando ir devagar até a igreja. Dá passos cuidadosos, escondendo-se atrás das árvores, e vai avançando, pouco a pouco. Oculta-se atrás de uma pedra e, em seguida, detrás de um arbusto. Agora não há mais onde se esconder até entrar na igreja e, por isso, ela toma impulso e sai correndo.

Vidar acorda e estica o corpo. Vê que Lo não está mais ali com eles. Oh, não! Como ela pôde deixá-los sozinhos? Para onde teria ido? Ele olha entre as árvores, mas não a vê. Seu coração bate com tanta força que ele mal consegue respirar. O carro da polícia desapareceu e Lo também! Eles devem tê-la levado com eles!

Amir resmunga alguma coisa em seu sonho e se encolhe todo. Vidar está tremendo, mas precisa acordar o outro garoto e contar tudo o que está acontecendo, que a polícia levou Lo. "Como pude ser tão burro, adormecendo quando estávamos em perigo? Dormi muito mal nos últimos dias, assim como Lo, mas ela conseguiu ficar acordada. Saiu da cabana e foi levada pela polícia. Se eu tivesse ficado acordado, poderia ter impedido o acontecido."

– Você acha? – pergunta Lo.

– Você me paga! – exclama Vidar.

Ele olha à sua volta e não a vê. Lo deve ter se transformado em anjo novamente.

– Você me deu o maior susto, desaparecendo daquela maneira! – diz Vidar.

– Desculpe-me.

– É a primeira vez que escuto você pedir desculpas.

– Sim, porque é a primeira vez que tenho motivo para isso. Não tinha a intenção de assustá-lo, mas nós não podíamos só ficar aqui dormindo. Alguém precisava agir.

Lo não consegue deixar a sua arrogância de lado, ela pediu desculpas para Vidar, mas, mesmo assim, parece que tudo o que acontece de errado sempre é culpa dele.

– Só estou falando a verdade – diz Lo.

– Pare de escutar os meus pensamentos!

– Você, então, faça alguma coisa! Acorde Amir para irem até a igreja, depois poderemos ir embora daqui.

Amir abre suas asas e se atira do telhado da igreja. O vento o carrega para mais perto do céu, o que é uma sensação maravilhosa e nada estranha ou desagradável, como foi na primeira vez que voou. Ele está se acostumando a sua forma de anjo e gostando muito. Voar é a melhor parte e, agora, podem ir diretamente para Estocolmo, mas não é isso que Lo quer fazer primeiro. A garota insiste em ir até o Paz Celestial.

– Só para dar uma passadinha rápida, já que estamos tão perto da casa – diz ela.

– Mas nós iremos lá amanhã – responde Amir.

Ele ainda não se sente preparado para voltar àquele lugar, talvez precise de uma noite inteira para isso. Seria bom ir lá com a presença de Laurentia, que ficará no local até amanhã de manhã.

– Só quero dar uma olhada – insiste Lo.

– Mas não é necessário fazer isso – diz Vidar.

– Eu vou, vocês podem me esperar por aqui – declara Lo, voando em direção à casa.

Vidar olha para Amir, como se perguntasse o que o outro acha de acompanharem a garota. Amir hesita, pois achou terrível aqueles tempos que passaram no Paz Celestial. Agora, então, parece que tudo o que lhes aconteceu lá foi pior ainda. Gunvor e Gillis são capazes de tudo, até de matá-los, mas eles não conseguem enxergar anjos, portanto não precisam se preocupar. Só é perigoso ficar naquela casa aos humanos.

– Está bem, eu vou junto – fala Amir para Vidar e os dois voam em direção à casa.

Amir atravessa a porta de entrada, apesar de que ele podia entrar por qualquer outro lugar. O *hall* está vazio e a casa, silenciosa. As luzes encontram-se acesas, portanto alguém deve estar ali. Ele começa olhando no andar térreo, não há ninguém na cozinha nem na biblioteca. Na cozinha, está tudo arrumado e limpo. Entra na biblioteca vazia e sente que gosta muito dali. Todas as prateleiras estão cheias de belos livros. No banquinho perto da poltrona, há um aberto. Ele se abaixa e o contempla. O livro possui uma linguagem muito antiga, difícil de entender. Alguém está abrindo a porta atrás dele. Amir estremece e se esconde atrás das cortinas de veludo. Depois se lembra de que agora é um anjo e ninguém consegue vê-lo, mas, mesmo assim, continua escondido e espia. Vê que é Gillis que entrou na biblioteca. O homem apanha o livro que estava no banquinho e se senta na poltrona. Amir respira fundo algumas vezes, para se acalmar. Só o fato de rever Gillis já o deixa assustado e com medo, apesar de o homem não ter como lhe fazer mal agora. Assim que se acalma, passa a escutar os pensamentos de Gillis.

Gillis está lendo o livro, que é muito difícil de entender. Seria muito mais interessante ouvir os pensamentos do homem, que guarda muita raiva dentro de si. Amir soube disso naquela vez que Gillis bateu em Lo. Mas foi somente a raiva do momento ou será que ele sempre nutre esse sentimento dentro de si? Talvez consiga ficar sabendo amanhã, quando voltarem. Gillis continua a sua leitura, palavra por palavra, frase por frase e nada daquilo faz algum sentido para Amir.

Lo já estava olhando para Gunvor havia algum tempo. A mulher limpava o estábulo e pensava que gostaria de terminar aquela tarefa logo, que seu corpo doía, que não queria continuar assim, pois esta não era a vida que sempre desejara ter. Quando se apaixonara por Gillis, tinha achado que iria levar uma vida boa, mas não foi bem assim. Teve uma chance que lhe escapara pelas mãos.

"Parece que há alguém aqui", pensa Gunvor, olhando à sua volta. "Não, deve ser apenas a minha imaginação. Sempre acho que Gillis vai aparecer quando quero ir dar uma olhada no caixão, talvez eu sinta isso para deixar de fazê-lo, mas não consigo evitar. Pelo menos hoje, não irei até lá."

Gunvor apanha, com a pá, as fezes das ovelhas e as coloca no carrinho de mão. Prepara-se para repetir o ato, mas larga a pá no chão. Vai até o depósito de alimentos dos animais. Há muitas coisas no caminho, assim como Lo viu na primeira vez que esteve lá. A mulher tira, rapidamente, as coisas da frente da porta e abre o cadeado. Ela se ajoelha no chão e retira algumas tábuas soltas. O pequeno caixão está lá, no mesmo lugar onde Lo o viu e deixou. Quando Gunvor o ergue, Lo vê algo brilhante no buraco, mas não dá a menor importância. Ela se prepara para ver o conteúdo do caixão, assim que Gunvor levantar a tampa. Lo acha tudo muito desagradável, mesmo estando preparada desta vez. Sabe que há roupinhas de bebê, acomodadas sobre o monte de penas, e que o cacho de cabelo guardado, e amarrado com um lacinho, não está mais preso na cabeça de alguém. Gunvor pousa sua mão sobre a urna com a figura de uma pomba. Lo achou que aquilo era um simples vaso de flores, antes de ver o túmulo da mãe de Gillis e entender que aquele objeto ali também era uma urna. A mulher estremece e tem uma expressão estranha no rosto. Coloca as mãos sobre a barriga e a olha muito preocupada. Ela está grávida e Gillis não faz a menor ideia. Vidar tinha ameaçado contar tudo ao marido se ela não levasse comida para Lo e Amir, quando os dois estavam presos no *bunker.* Gunvor não admitiu que estava grávida, mas fez tudo o que Vidar mandou fazer e isso já era uma prova suficiente. Lo acha estranho que Gillis não possa ficar sabendo da gravidez. Será que ele não é o pai da criança que está para nascer?

Gunvor coloca a mão sobre a urna branca novamente, lembrando-se do que aconteceu. Lo ouve os pensamentos dispersos da outra sobre a criança que nasceu prematura, ali no estábulo. Era um dia de inverno, Gunvor estava sozinha e tinha muita febre. Sua memória falha, pois já faz muito tempo. A mulher bloqueou seus sentimentos quando recebeu a urna das mãos do agente funerário, mas agora a sua memória voltava, mesmo ela tentando evitar a lembrança daquele momento tão doloroso pelo qual passou sozinha.

Gillis não ficou sabendo de tudo. Ela lhe disse que a criança tinha morrido ainda no útero. Não contou ao marido que havia guardado as cinzas do bebê, porque não suportava que essas fossem desaparecer para sempre. Gunvor não teve coragem de espalhar as cinzas, como disse ao pastor que havia feito. "Meu anjinho", ela pensa e passa a mão sobre a pomba na urna.

Lo percebe, então, que não são penas de pássaro o que viu no pequeno caixão. São as asas de um anjo.

19

Vidar bate as asas com força e sai voando em alta velocidade. Deixa que o vento o carregue e faz a curva, acompanhando com as asas. Agora já está mais fácil voar, pois já desvendou os mistérios daquela nova arte.

Lo voa à sua frente. Ela não falou nada desde que deixaram a casa para trás. Os três estão a caminho de Estocolmo. Ele lhe perguntou se aconteceu alguma coisa lá, mas ela respondeu que apenas viu Gunvor limpar o estábulo e mais nada. Vidar tem certeza de que Lo está lhe escondendo alguma coisa.

De repente, Vidar escuta um grasnido conhecido, mas desta vez não interpreta o ruído como um aviso de que estão correndo perigo, agora é mais como um "oi". A águia se aproxima dele, seu animal protetor e guia. Ele pensava que o pássaro não seria capaz de vê-lo quando se transformasse em anjo, pois Stella não o tinha enxergado e achava que era o mesmo com animais e pessoas, mas os bichos podem ver.

– Obrigado por ter nos avisado – diz Vidar para a águia, que não responde. – Você está me ouvindo?

– Isto aqui não é nenhum filme da Disney – comenta Lo. – Os animais não falam como os humanos.

– Parece mesmo que não – responde Vidar. – Eu achei que se eu podia voar como um pássaro, um pássaro podia falar também.

– Agora você já sabe que não funciona assim – diz Lo.

– Como funciona, então?

– Mande imagens – reponde Amir. – Foi assim que o texugo veio até mim. Eu me fixei na entrada do *bunker*, para que ele me encontrasse. Você tem que se concentrar e visualizar tudo o que quer dizer.

– Mas como vejo a imagem de "obrigado"? – pergunta Vidar.

Amir junta as duas mãos e faz uma reverência. Vidar o imita e visualiza a reverência em sua mente. Em troca, recebe uma imagem mandada pela águia. Vê um grande palácio na cor bege, com duas torres de cobre. Em frente ao palácio, há um pilar alto com uma estátua de bronze, representando um homem de armadura, capacete, escudo e espada. Ao fundo, pode-se ver que há água e Vidar conta aos outros sobre sua visão.

– É muito importante – diz Amir. – Porque se não fosse o texugo nos levar para a Biblioteca Nacional, nunca teríamos conhecido Laurentia.

– Mas você reconheceu o que ele estava lhe mostrando, já eu nunca vi esse palácio na minha vida. Como vou conseguir chegar até lá?

– Vamos procurar! – exclama Amir.

– Boa ideia, mas primeiro vamos até o juiz – diz Lo.

Vidar olha para baixo e repara que estão sobrevoando a cidade. A coluna de vidro da Praça Sergel nem se avista desta altura. Quando estiveram lá da última vez, ele achou a coluna da praça muito alta. As lâmpadas colocadas dentro da coluna para iluminar, fazem com que ela pareça uma escultura de gelo, muito bonita.

Lo desce até a coluna e se senta no alto desta. A luz faz com que ela se assemelhe a uma criatura encantada, como essas dos filmes. Os dois garotos vão voando e se acomodam ao lado dela.

– Se nos perdermos uns dos outros, aqui será o nosso ponto de encontro – diz Lo. – Vamos nos separar agora mesmo. Vocês procuram o palácio e eu vou até o juiz.

– Eu acho que devíamos ficar juntos – fala Amir.

– Será mais rápido se nos separarmos – afirma Lo.

Vidar também acha que eles devem ficar juntos, mas Lo costuma tomar as decisões e, então, ele não diz nada.

– Imagine se for como da outra vez – diz Amir, olhando preocupado para a amiga. – Se você tivesse chegado tarde demais, nunca voltaria a ser humana de novo.

Ela coloca sua asa sobre os ombros de Amir e diz para ele não se preocupar.

– Agora, eu já sei da regra das 24 horas. Além disso, devemos estar no Paz Celestial amanhã de manhã, se quisermos saber onde as tábuas do destino estão escondidas. Não posso me atrasar, já sei.

– Mas é melhor ficarmos juntos – repete Amir. – Podem acontecer outras coisas, que não sabemos ainda.

Vidar acha que Amir tem razão, hesita antes de falar, mas acaba dizendo:

– Talvez fosse melhor... ficarmos juntos... eu acho, talvez...

Lo solta uma gargalhada.

– Talvez... eu acho... talvez... que...

– O que você está dizendo? – pergunta Vidar sem entender que a outra estava debochando dele.

– Para você ver como é difícil compreender o que você quer – diz ela. – Fale de uma vez!

Vidar sente o seu rosto ficar quente e odeia corar. Por que tem tanta dificuldade em contrariar a garota? Ele também possui opinião, mas só conseguiu dizer o que pensava para ela ao ficar muito nervoso e zangado, como naquela hora na cabana, quando Lo saiu sem avisar e Vidar achou que a polícia a levara embora. Sentiu-se muito assustado e conseguiu falar direito. Ela até lhe pediu desculpas, pela primeira vez.

– Eu... – Vidar respira fundo e começa a falar. – Eu também acho melhor que fiquemos juntos!

– Está bem! – diz Lo. – Vamos ficar juntos, só para você não incomodar mais, mas não vai ser assim tão fácil me convencer na próxima vez. Aqui é o nosso ponto de encontro, se nos perdermos uns dos outros.

Ela deixa as asas caírem ao longo do corpo e vai descendo até a praça, que tem o chão pintado de preto e branco. Atravessa o chão em alta velocidade e retorna para os amigos.

– Agora vamos! – diz ela e os outros a acompanham.

Eles voam no meio dos prédios antigos e entre os becos. Contornam cantos e recantos, sobrevoam telhados de cores e formas diferentes. Vidar gosta mais de casas de madeira, mas pensa que até esses prédios antigos da cidade também têm o seu charme. Lo para em frente a uma porta de bronze desgastada pelo tempo.

– Sejam bem-vindos ao lar do juiz Ingvar Eberth – diz ela, atravessando a porta e desaparecendo.

Amir fica decepcionado, pois não há ninguém em casa. Ele estava cheio de esperança, mas o juiz apenas acendeu as luzes do lugar e saiu. Amir ainda não conhece o homem, mas tenta saber como ele é por meio das coisas que vai encontrando no apartamento, que é mobiliado discretamente e em cores escuras. Os objetos parecem ser antiguidades e devem ter muito valor. As pinturas a óleo penduradas nas paredes têm as molduras grossas e douradas. Um dos quadros representa alguém equipado com escudo e espada. Quando ele chega mais perto, observa que a figura tem asas enormes, que cobrem quase toda a tela. As penas das asas são cinzentas. Ao se aproximar mais, vê que há algo escrito em pequenas letras prateadas na ponta da asa esquerda. O texto está praticamente ilegível, mas ele consegue ler três palavras mesmo assim, que são "luz e pureza".

– Você é capaz de decifrar o que está escrito? – ele pergunta para Lo.

– Não – ela responde. – Que letra mais ilegível!

– Quem você acha que é? – questiona Amir.

– O homem de armadura que a águia me mostrou era parecido com esse aí, mas o outro não tinha asas – diz Vidar.

– Vamos procurá-lo, então – declara Lo. – Não temos nada para fazer aqui.

Enquanto eles voam pela cidade e procuram, Amir fica pensando no anjo do quadro na casa do juiz. Seria um anjo que viria trazendo pureza e luz? Alguém que estivesse do lado deles? O juiz talvez tenha feito de tudo para acreditar nas mães, mas as evidências contra elas eram fortes demais, assim disse Edel, que estava certa de que a mãe de Amir era inocente, mesmo que as provas mostrassem o contrário. Edel sabia, do fundo de seu coração, que Arezo não era nenhuma assassina. Amir também tinha certeza da inocência da mãe. O juiz precisa ficar sabendo disso, para poder mudar a sua sentença.

Vidar voa com os amigos, estão tentando encontrar o lugar que a águia lhe mostrou. Já que ele viu água, eles sobrevoam a costa da cidade e acabam encontrando diretamente o que estavam procurando. Há um palácio a uns duzentos metros de distância do pilar de vidro, e a estátua do homem de bronze com sua armadura, escudo e espada também está lá.

– Foi até fácil demais! – declara Amir.

– Foi, mas o motivo de estarmos aqui deve ser mais difícil de se descobrir – diz Vidar.

– Quem sabe? Talvez apareça alguém e nos dê uma dica – responde Lo. – Vamos!

Ela vira as asas para cima, mergulhando através do telhado do palácio e os dois garotos fazem o mesmo. Vão parar numa sala muito grande, onde há um livro grosso sobre a mesa estreita que fica em cima de um pequeno palco. Na capa do livro está escrito: "Legislação do Reino da Suécia".

– É uma sala do tribunal – diz Amir. – Eu já acompanhei Edel ao trabalho algumas vezes. Normalmente, há muitas pessoas assistindo a um julgamento, se não for a portas fechadas, é claro.

– Como assim, a portas fechadas?

– Significa que as portas estão fechadas e ninguém pode assistir ao julgamento, como no caso da minha mãe. Se bem que as pessoas estavam do lado de fora da sala gritando que ela era uma assassina de crianças e os jornais escreveram coisas horríveis sobre minha mãe. Era tudo mentira, mas todos acreditaram ser verdade, inclusive o tribunal, mas eu sei muito bem que ela não é a culpada.

– Concordo – responde Vidar.

– Agora vamos dar uma procurada pelo local e ver se descobrimos algo de útil – diz Lo. – Cada um vai para um lado e depois nos encontramos aqui.

Eles se separam. Vidar vai para o seu lado. O palácio é mais bonito por fora do que por dentro, porque as cadeiras e mesas são comuns, dessas que se encontram em qualquer escritório, não têm nada de mais. Uma ou outra estátua e algumas gravuras pintadas a óleo com molduras douradas enfeitavam um pouco o ambiente. São retratos de homens idosos, de fraque, com medalhas no peito. Alguns deles têm um alfinete de prata em formato de raio na lapela do paletó. O lugar está completamente deserto, com exceção de dois guardas sentados, vendo televisão. Vidar se concentra e consegue separar os pensamentos dos dois, apesar de eles estarem sentados juntos. Finalmente aprendeu! Mas nenhum deles está pensando em alguma coisa interessante. Um quer muito ir para casa e dormir e o outro tenta descobrir quem é o assassino do filme que estão assistindo. O garoto continua a procurar e vai para debaixo da terra, mas lá está tudo vazio. Quando ele desce uma escada que chega a uma parede de tijolos sem portas, volta voando até a sala do tribunal, onde tudo começou. Ele fica lá aguardando por Lo e Amir. Vidar espera que algum deles encontre algo interessante, já que ele não achou nada que fosse de utilidade.

Lo voa para o lado de fora e observa o palácio novamente. Foi sorte demais terem encontrado o lugar tão rapidamente. Ela talvez conte para os outros o que o seu lince lhe mostrou, para que a ajudem a interpretar, apesar de que nem sabe como descrever o que viu. Não foi uma visão clara dessa vez, era mais uma confusão de imagens. Não, não era nada para se contar aos outros.

De repente, o céu escuro é iluminado por um relâmpago, seguido por outros, que deixam a noite clara como o dia. Não há nenhum ruído nem parece que vai chover. Ela espia para baixo e vê um homem de sobretudo preto, que olha para os lados. O homem parece estar a caminho da entrada lateral do palácio, mas muda de ideia assim que vê um casal saindo do prédio. Quando ele fica sozinho de novo, aproveita e entra no palácio com muita pressa. Lo acha tudo muito suspeito e o segue. Ela nem tenta ouvir os pensamentos dele por uma questão de segurança, pois fica com receio de que ele perceba a sua presença. Será que isso é possível? Ela decide esperar para ver o que ele vai fazer.

As escadas até o porão são de pedra, mas, mesmo assim, ela não escuta os passos do homem. Quando olha de perto, entende a razão do passo dele ser tão silencioso, ele está usando tênis, o que não combina em nada com as suas roupas. O homem veste sobretudo preto, terno cinzento, camisa e gravata. Na lapela do paletó, ele traz um alfinete de prata em forma de raio, que ela reconhece, mas não se lembra de onde. Sua mãe diria que ele é bonitão, mas Lo o acha quase perfeito demais para o seu gosto. Ele tem os traços harmônicos e os cabelos penteados para trás, sem nenhum fio fora do lugar. Há alguma coisa estranha por trás daquela perfeição toda, disso ela tem certeza.

Lá onde a escada termina, há uma parede de tijolos. Lo estremece, pois se lembra da prisão no *bunker* onde Gunvor a tinha mantido presa. Só que agora existe uma grande diferença, ela tem a capacidade de atravessar paredes. O homem pega a faca que trazia consigo e a enfia entre dois tijolos da parede. Ouve-se um estalo e algo começa a ranger. Uma parte da parede é empurrada para o lado. Lo percebe que seu corpo todo está tremendo, pois, da última vez que espionou um lugar secreto, encontrou o quartinho onde Gunvor mantinha seu pequeno caixão. Agora sente muito medo do que está por vir.

20

Lo estremece, porque o que vê agora a deixa mais espantada do que se se deparasse com uma sala cheia de caixões ou de outras coisas assustadoras do tipo. Ela se encontra no meio de uma sala de estar, muito bem decorada, com lustres de cristais, mas não observa nada de suspeito ali.

Um homem está debruçado sobre um livro antigo, na ponta da mesa de mogno. Quando ele levanta a cabeça, ela o reconhece imediatamente, pois é o homem de olhos azuis. Lo não reparou antes que ele também trazia aquele alfinete de prata em forma de raio, na lapela do paletó, assim como o outro homem que ela seguiu até ali. O alfinete de prata deve ser um símbolo do clube secreto deles.

– Boa noite, irmão Eberth – diz o homem de olhos azuis, apontando para a cadeira vazia ao seu lado. – Enquanto esperamos pelos outros, gostaria de conversar com você.

O outro homem faz uma reverência e se senta. Deve ser o juiz Ingvar Eberth. Lo não tinha ideia de que o juiz do caso e o homem de olhos azuis possuíssem alguma conexão um com o outro, mas nem fica muito surpresa com a descoberta. Se ela tivesse pensado melhor no assunto, chegaria a essa conclusão sozinha.

– A situação está ficando crítica – declara o homem de olhos azuis. – O equinócio da primavera está se aproximando e ninguém sabe onde aquelas crianças se encontram. A última vez que tivemos notícias delas foi por meio de um telefonema que deram para Cassandra, marcando um encontro na Praça Sergel, mas elas não apareceram. Eu já interroguei a mulher, que se faz de tonta e finge não saber de nada. Fui autorizado a encontrá-la novamente e pretendo experimentar um outro método de interrogatório, se ela não começar a contar o que sabe. Nossos irmãos e nossas irmãs estão fazendo de tudo para achar as crianças, mas não temos a menor ideia de onde elas estejam. O calor está chegando e dentro de uma semana tudo terminará, não podemos perder a maior oportunidade do século. Todos os métodos são permitidos agora, menos matá-las, pois precisam estar vivas quando chegar a hora. Só você pode fazer o que eu vou lhe pedir agora.

O juiz acena com a cabeça, concordando.

– Fui informado de que as tábuas do destino se encontram nas proximidades do Paz Celestial – o homem de olhos azuis continua. – E a nossa irmã de ordem, Gunvor, irá nos ajudar no que for necessário.

Então, Lo se lembra de onde já viu o alfinete de prata em forma de raio. Gunvor tinha consigo um igual, quando tentou abrir as algemas. A garota acha que foi muito ingênua por não ter percebido antes que Gunvor estava envolvida nisso, pois não foi por acaso que os mandaram para o Paz Celestial. Lina, Amir e Vidar tinham comentado que Lo sempre pensava em tudo, mas agora ela podia lhes dizer que estavam errados, porque nisso não havia pensado. Sente que precisa se esforçar bastante, ser mais esperta e estar sempre preparada. Além disso, deve colocar as suas mãos nas tábuas do destino antes daquele clube ou daquela ordem, a Ordem do Raio.

– Gunvor está guardando a caixinha de prata para nós – diz o homem de olhos azuis. – Lá dentro, há tudo o que você precisa, mas ela não sabe de nada e nem deve ficar sabendo, pois já falhou em sua missão e, se as crianças não retornarem, eu a punirei pessoalmente! A interpretação dela na televisão foi muito convincente. Todos que assistiram ficaram comovidos com a sua bondade, por perdoar tudo o que as crianças lhe fizeram e querer apenas colocá-las no caminho certo na vida. Com certeza, logo entrarão em contato conosco, dando-nos alguma informação sobre aqueles três.

– O irmão Jörgensen é muito competente – diz o juiz. – Não é a primeira vez que ele faz uma entrevista satisfatória.

"É claro que até o repórter está envolvido nisso", pensa Lo. "Senão, ele não teria sido tão compreensivo com Gunvor."

– Assim que Gunvor lhe entregar a caixinha, você deve ir diretamente para a mina e aguardar lá pelas próximas ordens – declara o homem de olhos azuis.

– Quem dá as ordens?

– Eu dou as ordens. Vamos passo a passo. O mestre não quer que eu revele tudo de uma vez.

– É claro – concorda o juiz.

– Quero que fique tudo entre nós. Só nós dois temos conhecimento sobre a existência das tábuas do destino. Os outros não compreendem que o mestre precisa delas para ter o poder sobre o destino. Eles acham que o mestre necessita apenas das crianças.

– Naturalmente – diz o juiz. – Já falamos sobre isso anteriormente.

– Mas podemos relembrar, para que você não caia na tentação quando tiver as tábuas do destino em suas mãos.

– Eu nem entendo mesmo aqueles desenhos – desdenha o juiz em tom de brincadeira, para descontrair um pouco.

Mas o homem de olhos azuis não acha nada divertido.

– Não são desenhos – ressalta ele, muito sério. – É escrita cuneiforme.

– Peço desculpas pelo mau jeito.

– A vingança do mestre é pior do que a morte.

– Quero servir ao mestre e isso já é a minha recompensa – afirma o juiz.

– E você não está pensando no pequeno bônus que vai receber? – pergunta o homem de olhos azuis, dando um sorriso irônico.

– Nem um pouco. Assim como você, meu caro irmão – responde o juiz, sorrindo também.

– Você deve ficar pronto depois da reunião e leve o necessário.

– O meu kit de sobrevivência está sempre preparado.

– Ótimo! Agora, vamos chamar os outros.

Enquanto o juiz abre uma porta no outro lado da sala, Lo entende que deve agir imediatamente. Ela sabe de algo sobre o homem de olhos azuis que o juiz ainda desconhece. Assim que o juiz receber a caixinha das mãos de Gunvor, ele irá juntar todas as informações e chegar a uma conclusão, mas pode ser tarde demais.

Lo está ansiosa, pois agora vai provar que pensou em tudo mesmo. Sai dali voando como uma flecha, subindo ao céu e dirigindo-se para o norte, ao Paz Celestial. Ela sabe onde as tábuas do destino estão e já as segurou com suas próprias mãos, mas na época achou que alguma criança fizera aqueles rabiscos sobre a argila. Ela não entende nada de escrita cuneiforme, assim como o juiz. No momento, ela está à frente deles e ama essa sensação.

Amir olha à sua volta. Dois lustres de cristal iluminam a sala e o entorno de uma mesa de mogno, onde 13 pessoas estão acomodadas. Há homens e mulheres, sendo que um deles é o homem de olhos azuis. Amir estremece ao reconhecê-lo, mas não está surpreso em vê-lo ali. O importante agora é se concentrar no que eles vão dizer e não começar a ouvir seus pensamentos. Muitos poderiam perceber a sua presença se ele se pusesse a escutar os pensamentos.

O homem de olhos azuis olha para todos os outros, um por um. Eles acenam com a cabeça e dizem:

– Fiel ao mestre para toda a eternidade.

– Temos vários problemas para solucionar – diz o homem de olhos azuis. – A advogada Edel From não deve, de jeito nenhum, conseguir encontrar provas de que elas são inocentes. É preciso ocultar tudo. É muito importante não chamarmos atenção agora, neste momento tão crítico pelo qual estamos passando.

Amir ouve como ele dá ordens ao grupo. Todos que têm alguma ligação com as crianças terão seus telefones grampeados e serão seguidos de perto. Na sala de visitas da prisão, câmeras serão instaladas amanhã cedo. Cassandra tinha permissão de visitar Sinikka e a conversa das duas, provavelmente, revelaria algo sobre o paradeiro das crianças. Arezo também será autorizada a receber visitas, assim como todas as mães.

– Precisamos de toda a informação possível – ele continua. – Agora é a sua vez, Karin.

Uma mulher de terninho azul sacode a cabeça afirmativamente. Ela tem o rosto tenso e seu queixo quadrado lhe dá uma aparência de zangada. Seus cabelos castanhos são tão perfeitos quanto a sua blusa bem passada que usa sob o terninho. Na lapela do blazer, ela tem um alfinete de prata em forma de raio, assim como todos os outros que se encontram ali naquela sala.

– Segundo um dos nossos irmãos, a enfermeira Maria Andersson está se sentindo tão culpada que é capaz de contar que foi ela quem injetou a quantidade de morfina exagerada, simulando uma *overdose* na criança que já tinha falecido por morte natural –

diz Karin. – Essa confissão faria com que Arezo fosse absolvida e não podemos arriscar que isso aconteça, devido às circunstâncias.

Amir agradece ao universo, que parece estar ajudando-o a libertar a mãe. Há uma enfermeira que pode ajudá-los com isso e o nome dela é Maria Andersson.

– Karin, eu quero que você se encarregue dessa enfermeira – declara o homem de olhos azuis. – Dê um jeito de fazer com que ela se cale, discretamente. Não podemos nos arriscar mais.

– Já preparei tudo – responde Karin. – Tenho uma pessoa de confiança dentro do Hospital Paz de Espírito. Essa pessoa vai escrever um atestado de que a enfermeira precisa de cuidados psiquiátricos, para que seja internada e receba uma medicação forte que a faça perder a memória. Nem de seu próprio nome ela conseguirá se lembrar!

– Muito bem – diz o homem de olhos azuis. – Agora todos já sabem o que devem fazer. O calor inicia-se amanhã. Se todos cumprirem com suas obrigações, a luta estará vencida na semana que vem. Meus irmãos e minhas irmãs da Ordem do Raio, vamos fazer um brinde ao nosso sucesso!

Todos se levantam, erguendo suas taças. Brindam e bebem. Fazem o brinde com seus vizinhos de mesa, batem os copos com tanta força que esses se quebram. O homem de olhos azuis, que não tem ninguém a sua frente, joga seu copo sobre a mesa. Os cacos de vidro se espalham e ficam misturados com os outros copos quebrados.

– Longa vida ao mestre! – exclamam todos juntos.

Há provas de que sua mãe é inocente, portanto Edel tem que entrar em contato com a enfermeira antes que a internem no Hospital Paz de Espírito e acabem com a memória dela. Ele não tem tempo a perder.

21

Vidar e Amir admiram, lá do alto, a cidade, que começa a despertar. Uma senhora de casaco azul-marinho chega à praça branca e preta, trazendo o seu órgão num carrinho. Os dois estão sentados no pilar de vidro, que continua iluminado, o sol ainda não nasceu, apesar de estar amanhecendo. Eles voaram até ali, para ver se Lo já voltou, pois ela não apareceu na sala do tribunal, como foi combinado.

Encontraram o palácio com a maior facilidade, seria por isso que tudo ficou tão difícil depois? Tão difícil que até Lo desapareceu...

– Não podemos esperar mais – diz Amir.

– Mas Lo...

– Eu também quero que ela volte, mas parece que se mandou e nos deixou desta vez. Temos que falar com Stella, antes que seja tarde demais.

Vidar concorda com o amigo. Quando soube da história da enfermeira, ficou cheio de esperanças de também encontrar provas que inocentassem a sua mãe. Edel tem que tomar conhecimento de tudo antes que a Ordem do Raio destrua a memória da enfermeira, que é uma testemunha muito importante no caso.

Quando Vidar e Amir levantam voo, a senhora lá embaixo começa a tocar o seu instrumento e a cantar.

"Proteja a minha criança de toda a maldade. Deixe que ela seja feliz. Se algo de difícil acontecer, ajude-a a buscar a felicidade. Cuide da minha pequena, que está crescendo e que em breve não estará mais comigo. Viva a sua vida, e lhe desejo tudo do bom e do melhor..."

Vidar imagina que a senhora esteja cantando para ele, pois precisa de alguém que lhe deseje tudo do bom e do melhor nesta vida, agora que tem que se cuidar sozinho ou que está experimentando as suas próprias asas, pode-se dizer.

Os dois batem as asas em alta velocidade e, em poucos instantes, chegam à casa de Cassandra e Stella. Cassandra dorme em sua cama e Stella, por sua vez, está toda enrolada numa coberta no canto da cama da mãe. Vidar se senta na cama e se debruça sobre o amontoado de cobertas.

– Stella – ele chama baixinho.

Nenhuma reação.

– Stella, acorde! – diz ele mais alto. – Acorde!

– Ela não está aí – afirma Amir. – São apenas travesseiros embaixo das cobertas.

– Como você sabe?

– Porque eu atravessei esse amontoado de coisas e ela não está aí.

Vidar nem pensou que podia fazer assim, só sabia que, quando estava em forma de anjo, não havia como levantar as cobertas. Sua mãe costumava acordá-lo dessa maneira, se ele não ouvisse quando ela o chamava. Um anjo tem os seus limites. Apesar de possuir a capacidade de voar e de ouvir os pensamentos dos humanos, o que é muito bom, eles só conseguem se comunicar com Stella e não têm como pegar ou levantar objetos.

– O que vamos fazer? – ele diz, ouvindo a própria voz queixosa.

– Pense bem – responde Amir. – Onde você acha que Stella pode estar?

– Como eu vou saber?

– Você talvez tenha ouvido algo que ela pensou.

– Ela pensou naquele garoto, o Love, mas eu não escutei direito.

Vidar sente um calor no seu rosto e sabe que está corando. Ele ouviu muito bem, mas ficou com vergonha quando Stella pensou no que ela e Love haviam feito. Era informação demais para ele. Lembra-se também de que a garota pensou nos momentos em que ela e Love passaram na varanda dele, admirando a vista para o Parque Gröna Lund e observando a montanha-russa, que estava parada no momento. Ela adorava ir lá e não via a hora do parque reabrir na primavera. Vidar chega à conclusão de que Stella deve estar na casa de Love.

Os dois garotos sobrevoam o Parque Gröna Lund, enquanto Vidar vai tentando descobrir de onde Stella tinha visto a montanha-russa. De que lado seria a tal varanda? Ela vira primeiro a água e depois a montanha-russa. Ele voa em direção aos prédios que ficam do outro lado da água. Amir e ele decidem se separar para que a busca seja mais rápida. Combinam de se encontrarem ali fora, assim que acharem Stella. Eles a descobrem no quarto apartamento. Ela está deitada ao lado de um garoto, que dorme profundamente. Stella se mantém acordada, olhando para o despertador ao lado da cama, e pensa em ficar ali deitada mais um pouco, pois sua mãe ainda vai demorar a acordar.

– Oi, Stella, é o Vidar – ele diz.

– Vidar? O que você está fazendo aqui? – pergunta Stella muito surpresa.

– Quieta, para não acordar o garoto. Vamos lá na varanda conversar.

Stella se levanta da cama e Vidar vai voando para a varanda, enquanto a garota se veste.

– Eu daria tudo para poder voar – diz Stella, assim que os dois ficam juntos. – E para tornar-me invisível.

– Deve-se ter cuidado com o que deseja – responde Vidar.

– Você é um chato – fala Stella. – Acho desperdício logo você ter asas, porque nem curte que consegue voar.

– Tenho mais coisas com que me preocupar. Precisamos informar Cassandra e Edel sobre fatos importantes que descobrimos. Você pode nos ajudar a falar com Cassandra?

– Só se você me ensinar a voar e a ficar invisível. Seria muito legal!

– Stella, esse negócio é sério. Precisamos da sua ajuda!

– Está bem – diz Stella, limpando o suor da testa.

Em seguida, ela dá um puxão na blusa e, sem querer, acaba mostrando parte de seus seios. Vidar olha para o outro lado, apesar de ela não poder vê-lo e nem se importar com isso. Ele nunca teria coragem de falar com uma garota bonita e mais velha do que ele como no caso de Stella, mas agora está tudo correndo bem. Quando ele fala com Lo, acaba sempre se sentindo envergonhado, porém com Stella é diferente, consegue até contrariá-la.

– Na verdade, o melhor seria ficar pelada neste calor – diz Stella sorrindo. – Mas isso é ilegal aqui neste país.

– Você está brincando comigo?

– Mas, garotinho – comenta Stella dando risada –, você consegue saber de tudo sobre mim, deve ser esse seu olhar poderoso de anjo. Bom, com o que eu posso ajudá-lo?

Amir vem chegando do prédio ao lado e Vidar acena para ele.

– Amir pode lhe contar. Foi ele quem ouviu tudo.

Amir começa a relatar que a Ordem do Raio tinha colocado aparelhos de escuta na sala de visitas da prisão e que Stella deve avisar Cassandra sobre isso, antes que ela se encontre com Sinikka. Só se deve conversar sobre os assuntos privados quando se estiver ao ar livre. A Ordem também vai grampear todos os telefones das pessoas com quem Lo, Amir e Vidar tiveram ou ainda têm contato. Amir deixa para contar o mais importante por último: sobre a enfermeira e o que ela foi obrigada a fazer.

– Eles agora querem interná-la e drogá-la, para que ela perca a memória e não sirva mais como testemunha – revela Amir.

– Meu Deus, que coisa horrível! Parece até um filme de terror que eu vi, mas no filme era uma mulher rica que o homem internava num hospital, para que ele pudesse ficar com o dinheiro dela. Ele fez de tudo a fim de que ela parecesse ser louca de verdade, trocava as coisas de lugar sem a mulher saber, fingia que era apaixonado e...

– Stella – Amir a interrompe. – Temos pressa! Se Edel não conseguir entrar em contato com essa enfermeira a tempo, ela não poderá contar tudo o que realmente aconteceu.

– Ah, desculpe-me – diz Stella. – Eu fico assim quando estou nervosa. Acabo pensando em filmes e me distraio.

Vidar a compreende muito bem, porque é normal não querer ficar sabendo de coisas terríveis, mas não tem como fugir da realidade, pois eles precisam dar um jeito de ser mais espertos que a Ordem do Raio e aproveitar que Cassandra está sendo vigiada.

– Você pode pedir a Cassandra que diga que nós três estamos a caminho do Sul e que nos separamos – fala Vidar para Stella. – Lo está indo para a Inglaterra, Amir para a França e eu para a Itália.

– Vocês estão indo mesmo?

– Não, mas queremos que a Ordem do Raio pense que sim e vá nos procurar longe daqui – responde Vidar, pensando em como Lo vai se orgulhar dele desta vez.

– Está bem. Vou lá em casa falar com a minha mãe – anuncia Stella.

Ela se levanta e suspira. Sua camiseta está colada de suor e seus cabelos parecem molhados. Muito estranho esse calor no meio da noite e ainda no início de março, que pode ter dias bonitos, mas Vidar não se lembra de ter feito tanto calor assim no mês do seu aniversário. Será que a garota está com febre?

– Você está doente, Stella?

– O quê?

– Você parece quente.

– Não está sentindo como esquentou?

– Eu não sinto nada quando sou anjo. Não é estranho tanto calor assim?

– São as mudanças climáticas – responde Stella, sacudindo os ombros. – Tudo louco! Mudando de assunto, você poderia descobrir o que Love está pensando sobre mim antes de irmos embora?

– Você mesma pode perguntar.

– Faria isso se tivesse acabado de conhecer uma garota?

– Sim, porque seria mais justo – responde Vidar.

Ele se lembra de que Lo tinha ouvido os pensamentos dele em duas ocasiões. Por que ele não disse nada? Ela nem vergonha sentia. Da próxima vez, não vai ficar assim, mas primeiro tem que voar até o Paz Celestial e ver se Laurentia conseguiu descobrir alguma coisa sobre o paradeiro das tábuas do destino. Ele espera que Lo já esteja por lá.

Lo respira fundo três vezes, sente seu coração se acalmar e entra no túnel. Aquele mesmo túnel que o texugo tinha cavado para que eles pudessem escapar do Paz Celestial. Agora, ela está ali de novo, de livre e espontânea vontade, para buscar as tábuas do destino. Há uma hora, ainda em forma de anjo, ela visitou a casa. Viu Gunvor e Gillis dormindo em sua cama e a tapeçaria bordada com as quatro estações escondendo o buraco na parede.

O sol ainda não nasceu e o plano é pegar as tábuas, sem que ninguém perceba, e sair daquele lugar antes que fique claro. Lo tenta se concentrar no plano diversas vezes, para se esquecer um pouco de como é apertado naquele túnel, de como é difícil se arrastar ali e de como é escuro. Imagine se fecharam a saída lá do outro lado? "Parece que sim", é o seu primeiro pensamento, mas, em seguida, vê que são apenas uns arbustos que estão no caminho. Ela se arrasta entre os galhos, indo direto para o estábulo, de forma que ninguém a veja. Acha perigoso ir diretamente até a casa, e precisa tomar muito cuidado. As luzes de fora da casa estão acesas, mas lá dentro permanece tudo escuro. Toda a neve já derreteu, o frio já não é mais intenso e o solo parece um pouco mais quente. Ela está achando tudo muito estranho, pois quando Laurentia os deixou por lá, na outra noite, ainda havia uma grande quantidade de neve enfeitando a paisagem.

Agora ela tem coisas mais importantes com que se preocupar. Precisa entrar na casa, antes que Gunvor e Gillis acordem. Espera que eles não tenham começado a trancar a porta da casa. Ela faz uma tentativa e a porta se abre. Entra na casa e fecha a porta com muito cuidado para não fazer barulho. Fica parada por um momento, tentando respirar com calma e, depois de alguns instantes, seu coração bate normalmente. A luz de fora da casa ajuda a ver tudo, na escuridão lá dentro. Ela apanha uma sacola de tecido e uma lanterna. Puxa a tapeçaria para o lado e ilumina o buraco na parede com a lanterna. As tábuas de argila continuam lá e são em número de três. Lo quase consegue sentir a magia que aquelas tábuas exalam de si. Agora que sabe que aquilo é escrita cuneiforme, ela não enxerga apenas rabiscos ali. Tem noção de que os riscos formam sinais que significam algo importante. Se ela conseguisse decifrá-los, teria o poder sobre o céu e a terra.

Uma porta se abre e passos pesados pelo chão são ouvidos. Gunvor acordou! Lo coloca as tábuas rapidamente dentro da sacola e desliga a lanterna. Passa correndo pela porta, desce a escada e vai em direção ao estábulo. Olha de relance para a casa e vê que a luz do *hall* foi acesa. Ela precisa se esconder agora!

A porta do estábulo range quando ela a abre. As ovelhas estão balindo. Lo fecha a porta atrás de si, com muita pressa. Lá dentro está bastante escuro. Ela fica parada para se acostumar com a escuridão, mas não ajuda muito, pois continua sem ver nada. Ouve passos do lado de fora, cada vez mais próximos. Gunvor está vindo ver as ovelhas. A porta do estábulo se abre. Lo fica como que paralisada. Um animal está rosnando e Gunvor fecha a porta.

– Saia daqui! – Gunvor grita lá fora.

Algo corre pelo pátio.

– O que aconteceu? – pergunta Gillis.

– Tinha um lince aqui – responde a mulher.

Lo agradece em silêncio ao lince pela ajuda.

– Para onde ele foi? – pergunta Gillis, que se aproximou e parece estar muito perto do estábulo.

Lo escuta um clique metálico.

– Você pode guardar a espingarda. É tarde demais para se dar um tiro de aviso – diz Gunvor. – O lince correu em direção ao muro e já deve ter passado para o outro lado.

– Ele sempre anda por aqui. Já devia ter dado um jeito nele, naquela primeira vez que eu o vi.

– Ele não conseguiu chegar perto das ovelhas, apesar de ter tentado. Elas provavelmente sentiram o cheiro dele, por isso baliram tão alto. Vou dar uma olhada nelas e você pode voltar para a cama. É bom você estar descansado quando a pesquisadora chegar.

– Um pouco de diversão não faz mal a ninguém.

– Mas essa não é a hora mais adequada para receber visitas – diz Gunvor. – Só queria encontrar logo aquelas crianças. Não podem ter desaparecido assim.

– Para mim, eles nem precisam voltar mais – declara Gillis. – Não temos como ajudá-los. Aquele livro parece ser muito importante para a pesquisadora e acho que posso ganhar um bom dinheiro com ele. A mulher já aumentou o valor duas vezes. Se eu esperar mais um pouco, podemos ganhar tanto dinheiro com o livro que não vamos precisar nos preocupar por muito tempo. Se eu puder escolher, não quero criança nenhuma mais na minha casa!

– Nem mesmo se tivéssemos o nosso próprio filho? – pergunta Gunvor.

– Mas, mulher! O que seria dessa criança com uma mãe tão velha?

Lo vai tateando no escuro. Ela precisa ir para o fundo do estábulo antes que Gunvor venha até ali. Quando as luzes se acendem, Lo se abaixa e se encosta na parede, piscando os olhos devido à luz forte, e vê que se encontra no depósito de alimento dos animais, bem em frente ao quartinho secreto. O cadeado dali é muito fácil de se abrir e, quando ela finalmente consegue, escuta os passos e o choro de Gunvor.

A garota não tem coragem de se mover um milímetro de onde está. Se consegue ouvir o choro da mulher, Gunvor também a escutaria se mexer. Lo fica parada, respirando devagar e pensando que tudo vai dar certo. No mesmo momento, os passos param do outro lado da porta. Lo inspira fundo, muito nervosa.

– Que distraída que eu sou! – exclama Gunvor. – Como fui me esquecer de trancar a porta?

Lo escuta a mulher trancar os dois cadeados do outro lado da porta.

– Tenho que parar com essas besteiras – diz Gunvor. – Não posso ficar indo e voltando aqui o tempo todo.

A mulher parece muito zangada, enquanto vai empilhando as coisas em frente à porta do quartinho secreto. Fica fazendo muito barulho e praguejando. Com passos decididos, ela finalmente sai dali.

Tudo permanece no mais completo silêncio. O único barulho que Lo escuta é o da sua própria respiração. Sua mão segura firmemente a sacola com as tábuas do destino, mas com que finalidade? Lo está presa. Trancada no território inimigo.

22

Amir e Vidar se encontram na biblioteca do Paz Celestial, enquanto Laurentia pesquisa no famoso livro. Algumas horas já se passaram desde que os dois voaram até a casa. Laurentia é uma pessoa minuciosa e metódica, além disso, mostra-se muito feliz com a oportunidade de estar ali, lendo e pesquisando. Não foi nada fácil convencer Gillis e também lhe custou um bom dinheiro, que ela juntara durante muitos anos, economizando grande parte de seu salário. Tinha bastante dinheiro em sua conta no banco, pois levara uma vida muito simples, morando num apartamento de um cômodo e passando as horas livres pelas bibliotecas da cidade. Ela só gasta mesmo é com livros e já está preparada para pagar um preço bem alto pelo exemplar de Alice Glas, embora não tivesse mencionado isso a Gillis, mas ele deve saber muito bem o quanto o livro é valioso para ela.

Amir ouviu os pensamentos de Gillis e Laurentia, enquanto eles conversavam um com o outro, e percebeu que o que diziam e o que pensavam eram coisas completamente diferentes, principalmente Gillis. Ele disse que o livro era muito importante para ele, já que tinha sido a sua avó quem escrevera sobre aquele assunto tão interessante. Na verdade, ele não dava a menor importância para isso e achava que Laurentia não passava de uma velha maluca que não sabia o que estava fazendo. É bom que ele pense assim. Depois que Laurentia lhe pagou para pesquisar no livro, ele a deixou em paz. Amir se mantém ao lado da senhora, pois quer estar presente quando ela descobrir onde as tábuas do destino se encontram. Vidar está procurando por Lo pela casa, mas não a acha. Ele já esteve em todos os lugares possíveis, até mesmo no estábulo e não viu nem sinal da garota. Amir não se surpreenderia se Lo houvesse voado de volta até o juiz, para vigiá-lo de perto. Ela deve pensar que já é suficiente que ele e Vidar fiquem ali escutando Laurentia. Lo queria mesmo que eles se separassem e ela costuma fazer o que tem vontade.

De repente, Laurentia pula da cadeira e começa a dançar pela sala. Ela parece louca e feliz ao mesmo tempo, pondo-se a cantar:

– Encontrei! Encontrei! Eu encontrei!

Ela dá gargalhadas e apanha uma antiga máquina fotográfica de sua bolsa. Coloca o livro sobre a mesa, debaixo da luz do abajur e regula a câmera, tirando algumas fotografias, mas não parece ficar satisfeita. "Tenho que usar o *flash*", pensa ela, procurando dentro de sua bolsa até encontrar. Ajusta o *flash* à máquina e bate novas fotos. A sala se ilumina com a luz do *flash* e Amir se lembra da Ordem do Raio, esperando que Laurentia saiba onde estão as tábuas do destino, para que eles sejam mais rápidos que o homem de olhos azuis.

– O que você pensa que está fazendo? – Gillis entra na sala gritando e correndo até a senhora.

Ela se assusta, mas logo se recompõe e dá um sorriso para o homem.

– Só estou tirando algumas fotos – ela responde.

– Mas não foi para isso que você pagou – ele retruca, arrancando a máquina das mãos dela.

– Eu posso pagar mais – afirma Laurentia.

– Então, eu vou querer mil coroas agora.

– Eu não tenho tanto dinheiro comigo. Posso lhe pagar uma parte agora e o resto depois – diz Laurentia, tirando a carteira da bolsa.

– Infelizmente, não vai dar.

Gillis abre a máquina, puxa o rolo de filme na frente de Laurentia e diz:

– Você só tem direito àquilo que pagou. O prazo acaba dentro de uma hora e, em seguida, quero que vá embora daqui.

– Mas... – diz Laurentia.

Gillis não a escuta e já está de saída. Ele ri por dentro, pois está muito satisfeito com sua interpretação dramática e sente que tem Laurentia em suas mãos. Quando ele voltar à biblioteca, mostrará o seu lado bom para a mulher, porque acha que essa tática sempre dá bons resultados. Ele se diverte muito enganando e confundindo as pessoas.

Sente que precisa de algo para se distrair, uma vez que está preso ali até encontrarem aquelas crianças fujonas.

Laurentia observa Gillis deixar a sala e fica confusa, pois não esperava essa agressividade vinda daquele homem que parecia tão simpático, mas medo dele ela não sente. Já encontrou pessoas muito piores na sua vida de motorista de caminhão. Amir fica satisfeito em saber que Laurentia tem muita experiência de vida e a reação de Gillis não a deixou assustada de verdade, assim como ele tinha ficado naquela vez em que o homem mostrara o seu lado agressivo ao bater em Lo.

"Não tenho tempo a perder", pensa Laurentia e começa a copiar o que está em escrita cuneiforme no livro. Ela se concentra muito para não errar e vai copiando risco por risco. Tudo precisa ser exatamente igual, porque cada traço pode significar alguma coisa diferente. Estremece de satisfação, pois seu sonho está se realizando e ela tinha se esforçado muito para chegar onde chegou. Em breve, irá encontrar as tábuas do destino! "E nós também vamos", pensa Amir.

Lo sente muita raiva de si mesma. Como pôde ser tão idiota? Adormeceu em território inimigo! O suor escorre pelo seu corpo, apesar de ela já ter tirado o casaco e o blusão grosso. Passou mal com aquele calor e pegou no sono, mas, antes disso acontecer, já havia dado uma revistada no quartinho em busca de alguma outra saída. Encontrara uma pequena abertura na parede, que lhe dera esperanças, mas logo havia percebido que era impossível passar por ali; depois de uma tentativa frustrada de fuga, tinha sido obrigada a voltar para a sua prisão. Havia se sentado e acabou adormecendo.

Sentia tanto ódio de Gunvor! A mulher bem que mereceu que seu bebê tivesse morrido. Se a encontrarem ali, Lo irá contar a Gillis que Gunvor está grávida, que chorou como uma criança só porque ele não desejava ter filhos.

Lo olha para a tábua solta e sabe que debaixo dela há o caixão com as cinzas do bebê prematuro de Gunvor e Gillis. Será que Gillis também era um anjo como o pai dela? Se era, devia ajudá-los em vez de mantê-los presos. Apesar de que o homem não sabe que ela, Amir e Vidar são metade anjos. Como ele ia saber se ninguém tinha lhe contado? Eles nem pretendem contar mesmo. Gillis até podia ser anjo, mas não era uma boa pessoa, em quem se pode confiar. Disso, ela tem certeza!

Lo se ajoelha ao lado da tábua solta. Ela não quer fazer isso, mas não consegue evitar. A mesma coisa acontece quando se tem uma casca de ferida, a pessoa sabe que não é para mexer, mas não consegue se controlar, arranca a casca e começa a sangrar de novo. Ela só vai tocar nas asas de anjo guardadas no caixão, apenas para ter certeza. Apesar de já saber que não há nenhum corpo no caixão, ela tem uma sensação estranha ao levantar a tampa. Tudo está igual e do mesmo jeito que da última vez que ela tinha visto: os sapatinhos, o vestido de batizado, o gorro de bebê e o cacho de cabelo amarrado com uma fita de seda.

Ela passa a mão sobre as asas brancas, amareladas nas pontas e sente as penas muito macias. As penas menores são parecidas com as asas de um passarinho. Lo se emociona, pois essa criança nunca teve a chance de se desenvolver e crescer. Quando olha para a pomba branca que decora a urna, não consegue evitar as lágrimas. Agora, ela sabe que as cinzas da criança estão guardadas ali. Sente-se triste pela criança e acha horrível o que tinha pensado sobre ela antes. Como podia ter achado que Gunvor merecia que a criança morresse? Sente muita vergonha de si mesma, pois não era culpa do bebê que Gunvor fosse uma pessoa tão malvada.

Há uma pena solta ao lado da urna. Lo a apanha e a coloca no seu bolso, para não ter mais aqueles pensamentos maldosos. Nenhuma criança deve ser castigada por causa do que os seus pais fizeram. Ela faz uma prece para que a criança que Gunvor espera não tenha problema nenhum e que nasça forte e com saúde.

A porta do estábulo range e as ovelhas começam a balir. Lo se apressa em colocar a tampa sobre o pequeno caixão e escondê-lo no lugar. Ela, então, avista a caixinha de prata lá dentro. Há um desenho de raio sobre o objeto. Os passos vão se aproximando e param do outro lado da porta. Ela ouve alguém mudando as coisas de lugar, metodicamente e sem fazer muito barulho. Lo fica olhando para a porta e escuta um clique. Ela coloca o caixão no buraco e a tábua por cima. Ouve mais um clique e espia pela abertura na parede. A porta se abre e é Gunvor. Lo vê a mulher se ajoelhar e levantar a tábua. Ela pega o caixão e o coloca de lado, olhando para o buraco. Alguém abre a porta do estábulo e as ovelhas começam a fazer muito ruído.

– Gunvor!

Lo reconhece aquela voz. É o juiz quem está ali. Gunvor se levanta e sai do local apressada.

– Espere! – a mulher exclama, continuando a falar num tom de voz mais calmo. – Não gostaria que você sujasse as suas roupas finas. Aguarde por mim lá em casa, que já vou para lá.

– Temos pressa – diz o juiz. – Não quero perder tempo. Assim que você me entregar a caixinha, irei embora daqui.

– Aguarde no carro – responde Gunvor. – Depois é só seguir, logo que eu lhe entregar a caixinha.

Lo observa tudo de onde está. Gunvor e o juiz estão do lado de fora conversando e agora ela pode escapar dali. Sai correndo do quartinho e se esconde atrás dos sacos de ração dos animais. Gunvor termina de conversar, volta ao quartinho e o arruma. Tranca a porta e coloca tudo de volta no lugar, bloqueando a passagem, mas ela não sai dali. Fica parada, olhando para a caixinha de prata que tem em suas mãos.

Lo nem tem coragem de respirar, com muito medo de que Gunvor perceba a sua presença. Mas ela sente de repente que está preparada, sem medo e segura de si. Lo permanece muito concentrada e, assim que Gunvor sair do estábulo, ela irá correndo se esconder atrás dos arbustos. Depois vai entrar no túnel, arrastar-se e sair do outro lado. Conseguirá chegar à Igreja de Gelo e esperar por Laurentia na estrada, como ficou combinado. Não há nem uma dúvida sobre isso.

23

Amir atravessa o telhado da Igreja de Gelo e abre as suas asas ao redor da pia batismal, sentindo um pouco de ardência. Em seguida, volta à sua forma humana. O chão parece estar estremecendo. "Deve ser a minha imaginação, por causa do cansaço", pensa ele. Quando se transformava em anjo, nunca se sentia exausto, mas, assim que assumia a forma humana, percebia um grande peso em seu corpo, como se o cansaço houvesse se acumulado todo de uma vez. Ele olha, cuidadosamente, para fora e vê que não há ninguém por perto. Sai correndo em direção à floresta.

As nuvens mudam de lugar lá no céu, deixando a lua aparecer e iluminar aquela noite escura. Amir acha que viu o amigo e vai em sua direção, mas, de repente, escurece tanto, que nem sabe mais onde está. Assim que clareia um pouco, não vê mais Vidar.

– Vidar! – ele chama baixinho.

Vidar aparece debaixo de um pinheiro.

– Só queria ter certeza de que era você, antes que eu me mostrasse – diz ele dando um abraço no amigo.

Eles veem umas luzes se aproximando e escutam um barulho de motor, cada vez mais alto, e se escondem atrás de uma pedra grande.

– E se Lo não conseguir chegar a tempo? – pergunta Amir, muito preocupado.

– Se eu a conheço bem, ela vai estar aqui um segundo antes de partirmos.

Amir espia lá de trás da pedra. O carro diminui a velocidade e para junto ao acostamento da estrada. É o Ford marrom de Laurentia.

– Está na hora! – exclama Amir.

– Vamos pedir para Laurentia esperar um pouco por Lo – diz Vidar.

O motor do carro está ligado e os faróis iluminam os dois garotos, enquanto eles caminham até lá. Quando os dois amigos se aproximam do carro, reparam que há duas pessoas sentadas no seu interior. Ao lado de Laurentia, está Gillis. Ela os havia traído.

~~

Lo segura com cuidado a bolsa de tecido com as tábuas do destino, enquanto anda pela floresta. A lua se esconde atrás de uma nuvem, antes que aviste a Igreja de Gelo. Ela sabe muito bem onde a igreja se encontra, mesmo naquela escuridão.

Quando ela não enxerga nada, parece que os ruídos se tornam mais fortes e mais claros ao seu redor. Tudo dá a impressão de soar em tons mais altos do que o normal, como se fossem sons borbulhantes e explosões curtas, terminando em trovoadas ensurdecedoras, tal qual uma noite de tempestade, mas só que sem a tempestade.

O barulho de explosão vem da Igreja de Gelo, que fica visível quando a lua reaparece no céu. A base da igreja já não existe mais, Lo só vê as torres altas da construção, que começam a desaparecer junto com o gelo, batendo umas nas outras. A igreja inteira cai no rio e some completamente.

Foi isso que o lince lhe mostrou por meio das imagens confusas. Por esse motivo, ela não entendeu dessa vez, porque nunca tinha presenciado um degelo em sua vida e nem vira uma igreja de gelo desaparecer completamente em poucos segundos como acabou de acontecer. Não podia acreditar que a pia batismal em forma de lírio não existisse mais e não sabia como iria fazer para se transformar em anjo novamente. A lua se esconde de novo atrás das nuvens, deixando tudo escuro mais uma vez.

– Lo! – alguém chama o seu nome.

Ela se vira em direção à voz, pois a reconhece, mas não vê ninguém. É Vidar, ela tem certeza.

– Para dentro da igreja! – grita Amir, do mesmo lugar onde o outro está.

– A igreja não existe mais – responde Lo.

De repente, a paisagem é iluminada por raios e relâmpagos assustadores. Os três conseguem enxergar o estrago do degelo e os restos da igreja sendo arrastados pela correnteza do rio. Amir e Vidar ficam apavorados com a descoberta de que a Igreja de Gelo não existe mais, assim como ela mesma ficou há uns minutos. Os raios e relâmpagos continuam, mas a chuva não dá nem sinal. Amir e Vidar correm até Lo. Gillis os persegue e a única coisa que podem fazer agora é correr e tentar escapar dele. Tudo foi destruído e eles nunca mais voltarão a ser anjos.

Lo enrola a bolsa em torno das tábuas do destino, para que essas fiquem bem protegidas, e as segura junto ao peito. Ninguém vai tirá-las dela agora e irá fazer de tudo para protegê-las.

– Corram com toda a energia! – ela grita.

Eles começam a correr todos juntos para salvar suas vidas.

EPÍLOGO

Rafael, Gabriel e Samuel estão lá, vendo tudo acontecer, mas não podem fazer nada, nem ajudar os filhos. A única coisa que está ao alcance deles, às vezes, é mandar imagens por meio dos animais, indicando-lhes que caminho seguir.

Se o mestre soubesse disso, ficaria furioso consigo mesmo e não sentiria prazer com o seu plano diabólico. O mestre não consegue ver nada lá de onde vive, no subterrâneo. Só fica ciente de algo, se alguém lhe conta. A Ordem do Raio costuma ser os olhos do mestre na terra. São anjos que nunca vivenciaram o amor e caíram em tentações.

Atualmente não há nada que os pais possam fazer para ajudar Lo, Amir e Vidar. O sofrimento deles é imenso, assim como o mestre tinha desejado que fosse, pois ele não quer apenas o poder. O mestre aprecia ver o sofrimento dos outros, que lhe dá forças. Forças para se aproximar da entrada, para subir à terra...

A AUTORA

Sempre fui uma leitora voraz. Histórias emocionantes de mistério e magia eram as minhas favoritas. Depois passei a me interessar também por histórias mais realistas que falassem sobre injustiça. Por isso, era óbvio que a minha primeira série de livros, a trilogia Amargi, seria uma mistura dessas paixões.

A palavra *amargi* vem do sumério e significa "liberdade"; é a primeira palavra conhecida para esse sentido. Eu a escolhi porque representaria bem o ponto central da trilogia: a luta pela liberdade.

Além de livros, também escrevo roteiros para a televisão e algo que me interessa muito são as questões relacionadas aos direitos das crianças.

Este livro foi impresso, em primeira edição,
em setembro de 2017, em Pólen 70 g/m², com capa em cartão 250 g/m².